DREAMBOOKS

進士武林

진사무림

7

봉황송 신무협 장편소설

ORIENTAL FANTASY STORY & ADVENTURE

dream
books
드림북스

진사무림 7

초판 1쇄 인쇄 / 2015년 10월 12일
초판 1쇄 발행 / 2015년 10월 19일

지은이 / 봉황송

발행인 / 오영배
책임편집 / 편집부
펴낸 곳 / (주)삼양출판사 · 드림북스

주소 / 서울특별시 강북구 도봉로 173
대표 전화 / 02-980-2112 팩스 / 02-983-0660
편집부 전화 / 02-980-2116 팩스 / 02-983-8201
블로그 / blog.naver.com/dreambookss

등록번호 / 제9-00046호
등록일자 / 1999년 3월 11일

© 봉황송, 2015

값 8,000원

ISBN 979-11-313-0202-6 (04810) / 978-89-542-5445-8 (세트)

* 지은이와 협의하에 인지는 생략합니다.
* 잘못된 책은 구입한 곳에서 바꾸어 드립니다.

이 도서의 국립중앙도서관 출판시도서목록(CIP)은 서지정보유통지원시스홈페이지(http://
seoji.nl.go.kr)와 국가자료공동목록시스템(http://www.nl.go.kr/kolisnet)에서 이용하실 수
있습니다. (CIP제어번호:2015026872)

進士武林

진사무림

7

봉황송 신무협 장편소설

ORIENTAL FANTASY STORY & ADVENTURE

dream books
드림북스

進士武林
진사무림

목차

第一章

삭초제근

집무실에서 가만히 두 눈을 감고 있는 이한열이 깊은 생각에 잠겨 우두커니 앉아 있었다. 머릿속에서는 수많은 글귀들이 떠올랐다 사라지기를 반복했다. 미간이 찌푸려지면서 짙은 눈썹이 맞닿아졌다.

그는 지금 잘못된 행동을 한 자에게 따끔한 맛을 보여 주기 위해 고심하는 중이었다. 자신에게 해를 입힌 사람을 용납하지 않는다는 걸 보여 줘야 했다.

하지만 그렇게 하기 위해서는 먼저 황제에게 허락을 받아야 한다. 처리해야 할 사람이 황제의 녹을 먹는 서창의 관리였기 때문이었다.

스륵!

고요하게 감겨져 있던 이한열의 두 눈이 열렸다.

뇌리에서 수없이 갈고 닦아 칼날과도 같은 예리한 생각으로 인해 온몸이 예민해져 있었다.

슥!

그가 벼루에 묵을 갈기 시작했다.

사악! 사악!

시계 방향으로 작은 원을 그리면서 묵이 움직일 때마다 기분 좋은 소리가 울렸다. 짙은 묵향이 집무실에 퍼져 나가면서 먹물이 점점 진해져 갔다.

스윽!

이한열이 붓을 손에 들었다.

그는 학사였다.

그렇기에 칼로 싸우지 않고 글로 싸우는 걸 좋아했다. 학사의 붓은 선을 장려하고 악에 대해 경고해야 한다. 부정부패에 대해서 엄단해야 할 의무가 있었고, 기록해서 상부에 보고해야 했다.

"흐읍!"

이한열이 새하얀 종이 위에 붓을 가져가면서 호흡을 가다듬었다. 길게 날숨을 내쉬자 머릿속에 주옥과도 같은 글귀들이 주마등처럼 스쳐 지나갔다.

삭!

붓이 종이 위에 부드럽게 닿는 순간, 이한열은 정신이 번쩍 들었다. 두 눈이 횃불처럼 활활 맹렬하게 타올랐다.

스윽! 스윽!

종이 위에 검은 글씨가 정갈하면서도 용사비등하게 펼쳐졌다. 글을 한 자씩 적을 때마다 숨을 멈춰 가면서 집중하고 있었다.

고요한 가운데 매서운 눈빛으로 한지를 응시하면서 글을 적어 내려가는 이한열이었다.

그는 고요한 사색의 공간 안으로 들어갔다.

수없이 많이 되새겼던 글귀들이 머릿속에서 부평초처럼 떠돌아다녔다. 그 가운데 가장 빛나고 어울리는 글자들을 하나씩 가져와서 종이로 옮겼다.

"흐읍! 흐읍!"

이한열의 호흡이 마치 거친 전쟁을 하는 것처럼 거칠어졌다. 한서불침에 도달한 그의 이마 위에 땀방울이 송골송골 맺혔다.

실제로 그는 맹렬하게 싸우고 있었다.

그리고……

집중이 더욱 매서워졌다.

그런데 묘한 변화가 이한열의 뇌리에서 일어났다.

'이건?'

이한열의 두 눈에 이채가 어렸다.

지금까지 그는 공부를 치열하게 해 왔다. 과거에 급제하기 위해 수많은 책들을 읽고 암기했다. 그 과정은 전쟁이나 마찬가지였다.

공부에 열중하기는 했지만 때로는 거대한 중압감을 느껴야만 했다. 과거에 떨어졌을 때 느꼈던 중압감은 태산보다 더 크면 컸지, 결코 작지 않았다.

그런데 공부는 전쟁이 아니었다.

'편하다. 글들이 친숙해.'

쉴 새 없이 뇌리에서 떠도는 글귀들이 마치 고향에 두고 온 부모님처럼 사랑스러웠다. 문자와 문장과의 호승심이 사라지는 순간 마음이 절로 편안해졌다. 조바심과 초조함, 심지어 부귀영화를 차지하겠다는 욕망까지 사라졌다.

문자와 문장들이 이한열의 마음을 중심으로 회오리쳤다.

휘이잉! 휘이잉!

그것들이 폭풍보다 거대한 바람을 일으켰다. 머리털 나고 익히며 배웠던 공부들이었다. 허공에 떠돌던 공부들이 흩어졌다 합쳐지기를 반복했다.

부르르! 부르르!

거대한 충격을 받은 이한열의 몸이 흔들렸다. 기존에 배우고, 알고 있던 공부들이 새롭게 재정립되는 단계였다.

정신의 환골탈태라고 할까?

기존의 정신에서 진일보하여 나아간 끝에 신세계가 펼쳐지고 있었다. 광활한 새로운 세계에서 이한열의 마음이 광대하게 부풀어 올랐고, 하늘 높이 비상하였다.

'아! 나는 천생 학사구나.'

그는 뿌리부터 학사였다.

학문과 이한열!

떨어뜨리려고 해도 뗄 수 없는 부부와도 같은 관계였다.

거칠었던 호흡이 가지런해지면서 편안해졌다.

절대적인 사색의 순간!

머릿속에 써야 하는 문자와 문장들이 선명하게 보였다. 의지와 뜻으로 표현되는 문자들이 하나둘씩 이한열의 정신 속으로 녹아들어 갔다. 생각을 정리하지 않아도 표현하고자 하는 바가 자연스럽게 이어졌다.

혜광심어!

무공에서 말이 아닌 마음으로 전하는 뜻이 바로 지금 이한열에게 전달됐다. 무공이 아닌 학문에서 벌어지는 일이었다.

만류귀종!

극과 극은 통하는 법!

학문과 무공은 따로 떨어진 것이 아니라 긴밀하게 연결되

삭초제근 13

어 서로 보완해 주기도 했다. 무공을 익히게 된 이후로 학문
이 더욱 발달하였고, 무공 역시 학문이 깊어질수록 새로운 깊
이를 깨우쳤다.

우우우우! 우우우우!

집무실의 공기가 이한열을 중심으로 휘몰아쳤다. 진중하
게 떠도는 기운들이 휘몰아치는 가운데 그가 황홀경에 빠져
들었다.

말로 표현할 수 없는 기쁨으로 인해 정신이 터질 것처럼
부풀어 올랐다. 글들이 마치 연인처럼 속삭이면서 다가왔다.
뇌리, 아니 마음에 그대로 전달되는 글자들로 인해 정신이 번
쩍 들었다.

'행복하다.'

현실감각이 돌아오는 걸 느낀 이한열은 커다란 만족감을
느꼈다. 마음을 가득 채워 주고 있는 충족감이 대단했다.

그런데……

그는 여전히 더욱 큰 충족을 갈구했다.

아무리 크고 넓은 충족감이라고 해도 이한열의 탐욕을 절
대적으로 채워 줄 수는 없었다. 마음에 들어오는 순간 탐욕
에 의해 집어삼켜졌다.

그는 욕망과 탐욕에 충실한 쾌락주의자였다.

이한열이 흥분과 열락으로 들뜬 상태에서 붓을 움직였다.

스윽! 슥!

한지 위에 문자가 유려하게 피어났다. 물처럼 자연스럽게 문장이 완성되었고, 그건 부정부패 저지른 자에게 비수를 꽂는 역할이었다.

몸과 마음에 힘이 넘쳐흘렀다.

마음이 풍족해지면서 몸이 활성화되었고, 선천진기와 후천진기들이 들끓어 올랐다. 일찍이 이런 힘을 느껴 본 적이 없었다.

마음이 가는 대로 몸이 움직였다.

검이 스스로 나아갈 길을 찾는 것처럼 붓이 스스로 써야 할 글자를 써 내려갔다. 붓에 영성을 불어넣은 존재는 바로 이한열이었다.

새하얀 종이 위에 적혀야 할 문자와 문장들이 마음에 절로 떠올랐다.

신필합일의 경지라고 해도 무방했다.

슥!

이한열이 힘차게 마지막 글자를 적었다. 글쓰기를 마무리한 뒤, 열락에 들뜬 느낌과 감정이 살며시 빠져나갔다.

그러나 그건 우연치 않게 찾아온 기연의 최고조에 비해서 내려왔을 뿐, 여전히 종전에 비해서 월등히 발전한 상태였다.

기연을 통해 새로운 경지에 도달한 이한열이었지만 지금

급한 건 정작 따로 있었다. 한 번 찾아왔던 기연이었기에 다시금 찾아갈 수 있다는 자신감이 넘쳤다. 그렇기에 주저하지 않고 하고 있던 일에 다시금 시선을 돌렸다.

청렴한 관리를 치켜세워 선을 장려하고 부정부패를 저지르는 나쁜 관리를 처벌하여 악에 대해 경고해야 합니다.

문과 무는 똑같은 행위이다.

결국 둘 다 악과 싸워 선을 쟁취하려고 노력한다.

학자인 이한열은 악의 타락상을 폭로하여 보다 밝고 건실한 조정과 관계를 만들어야 했다. 그러나 이런 상소는 결국 자기 얼굴에 침 뱉기였다.

"찔리기는 하네."

이한열이 속으로 반성했다.

하지만 딱 거기까지였다.

반성만 할 뿐 탐욕을 멈출 생각은 눈곱만치도 하지 않았다. 잘 먹고 잘 살기 위해 적당하게 비리를 저지를 생각이었다.

"이 상소문이 하진을 날려 버릴 거야."

이한열의 입가에 차가운 미소가 피어났다.

돌돌돌! 돌돌돌!

그가 먹물이 마른 상소문을 조심스럽게 말기 시작했다.

그러고는 한쪽 책상 위에 잘 놓아 뒀다.

이제 아랫사람이 상소문을 전달하기 위해 가져갈 것이었
다. 그리고 눈에 잘 띄는 곳에 끼워 넣을 것이 틀림없었다.

*　　　*　　　*

중원은 상당한 변화를 맞이하고 있었다.

만리장성 밖 오랑캐들과의 전쟁의 규모 확대, 정책 실패,
황자지란의 다툼 등으로 사회는 혼란스러웠다. 함량 미달의
아둔한 황제들이 줄이어 등극하면서 정치가 점점 엉망으로
내달렸다.

황자지란을 통해 황제가 새롭게 즉위를 하자마자, 엄청난
악재가 북과 남에서 연달아서 터졌다. 몽골 오르도스부의 추
장 보바이가 영하에서 반란을 일으켜 서북부 일대를 온통 뒤
흔들었다. 얼마나 사태가 급박하였는지 황실금의군까지 일
부 동원되어 반란을 진압하는 중이었다. 설상가상이라고, 안
좋은 일은 연달아서 왔다. 남부 귀주성의 파주에서 소수민족
인 묘족의 지도자 양응룡이 반란을 일으켰다. 반란군과 진
압군의 전쟁으로 인해 귀주, 사천, 운남 일대가 쑥대밭으로

변했다.

명의 재정은 막대한 전비 소모로 인해 점점 궁핍해져 갔다. 명의 정부 창고인 대창에 저장된 양식과 은자가 떨어져 진압 군들이 월급과 식량을 받지 못하는 사태까지 벌어졌다.

북과 남에서 동시에 전쟁을 치르면서 황실과 조정이 고통을 겪게 되었다. 그 결과 중원이 요동을 치기 시작하였다. 몰락의 조짐이 보이면 대수롭지 않은 일들도 크게 부각되기 마련이었다.

악순환이 반복됐다.

명의 국가 기능 저하는 결국 통제력 약화로 귀착되었고 변방 오랑캐와 무림에 더 큰 영향을 끼쳤다. 변방 오랑캐들이 준동을 하였고, 질서가 잡혀 있던 무림이 혼란스럽게 바뀌어 갈 조짐을 내보였다.

무와 협을 논하는 무림의 순수한 기능은 상실했고, 정의를 부르짖는 정파인들의 혼도 점점 희미해져 갔다. 정파인이라면서 앞에서는 정의를 이야기하지만 뒤로는 각종 비리와 부패를 저질렀다.

이런 상황 속에서 마도와 사도가 꿈틀거리며 새로운 기지개를 켜려고 했다. 이런 움직임들이 마치 들불처럼 빠르고 강렬하게 퍼져 나갔다.

그리고 사마외도의 저항에는 이한열의 공도 적지 않았다.

이한열의 서적을 읽은 사마외도들에게는 기연도 적지 않은 힘을 줬지만 더욱 큰 저항 정신을 만들어 냈다.

정총을 은근하게 비판하는 서적들은 사마외도들에게 혁명의 정신을 심어 줬다. 뜨겁게 불타오르는 그들의 마음이 급변하는 정세 속에서 무섭게 꿈틀거렸다. 이한열의 서적들은 사마외도들의 거친 마음을 밖으로 끄집어냈다.

사마외도가 무엇인가!

사마외도는 기본적으로 그릇된 길을 택한 사람들이다. 그들 가운데 올바른 마음을 가진 자들도 있지만 그건 예외적인 경우일 뿐이다. 단점들이 많지만 장점도 있다.

질서와 규범에 익숙한 정도와 달리 사마외도는 거침이 없다. 자유롭다. 부딪쳐서 깨진다고 해도 다시 미친 듯이 달려들어 거칠고 험악하며 더러운 짓거리를 하는 자들이 아닌가!

이한열의 현실 비판적인 서적은 사마외도들을 대상으로 크게 성공했다. 이후 이한열의 서적을 모방한 아류작들이 계속 등장했고, 정총 내에서도 오만한 행동에 대한 비판적인 서적이 나왔다. 이는 정파의 자정 능력을 키우기도 했지만 사마외도들을 급속도록 발전시키는 계기이기도 했다. 이런 움직임이 중원 전역으로 퍼져 나갔다.

조정과 황실은 무림이 앞으로 있을 오랑캐들과의 싸움에서 도움이 되었으면 하고 바랐다. 하지만 무림의 혼란으로 인해 중원이 더욱 크게 어수선해지려는 조짐을 보였다.

자연스럽게 무림인들의 범죄가 늘어났고, 이는 사회 혼란으로 이어졌다. 무림의 혼란을 틈타 새외 무림까지 침투하려는 은밀한 시도가 이어졌다.

황실은 무림의 혼란과 새외 무림의 침입에 대한 첩보를 입수했다. 새외 무림을 물리치는 대응 방식으로 정총과 연계하는 한편, 황실 무인들을 동원할 구상을 하였다.

그리고 그 황실 무인 가운데 한 명으로 이한열이 선택되었다.

안락하게 북경에서 생활하던 이한열의 입장에서는 마른하늘의 날벼락이었다. 진사인 그가 무림에 출두해야 하는 계기가 외부의 요인들로 인해 만들어졌다.

이한열에게 무공은 어디까지나 취미였는데……

이한열이 주수선 군주마마의 명령으로 인해 혼란해진 무림을 하나의 뜻으로 일통시켜 다시금 고요하게 만들어야 했다.

아랫사람인 이한열은 윗사람의 지시에 춤출 수밖에 없었다.

*   *   *

하늘은 구름 한 점 없이 맑다.

휘이잉! 휘이잉!

시원한 바람이 불어왔다.

이한열은 안락한 북경 관리 생활에 당분간 작별을 고해야만 했다. 북경, 황실에서 근무할 수 있는 날이 많이 남아 있지 않았다. 이제 얼마 후면 정말 강호로 떠나야만 하는 것이다.

이별은 새로움과 연결된다.

새로운 날, 새로운 시작의 바람이었다.

"무림으로 출두해야 하는 날이 가까이 다가오고 있구나."

시원한 바람을 온몸으로 맞고 있던 이한열이 중얼거렸다. 집무실 위에서 내려다보이는 황실의 화려함과 잠시 이별을 해야 할 시간이 점차 다가왔다.

과거에 급제까지 한 이한열에게는 출셋길과 멀어진 것일 수도 있었다.

왜 진사인 그가 검과 칼이 난무하는 무림의 삶을 살아가야 하는가?

갑작스러운 재난, 천재지변이었다.

천재지변은 인간이 통제할 수 없는 것이다.

사람은 살아가면서 변화와 마주하고 뜻하지 않은 일을 맞닥뜨리게 된다.

"아랫사람은 윗사람의 뜻에 따라야하는 법! 불평불만을

가진다고 해서 변하는 건 없어. 어쩔 도리가 없을 때는 모든 걸 내려놓고 편하게 받아들여야지."

이한열이 시원하게 현실을 인정했다.

지금 그가 할 수 있는 일을 해야만 한다.

현실을 부정할 경우, 황실의 관리직에서 물러나야만 했다. 어떻게 얻은 관리직인데 스스로 물러날 수는 없었다. 과거 공부와 무공을 익히면서 불경을 공부한 적이 있었다. 그리고 그 공부는 지금도 계속 진행된다.

불경에는 세상 살아가는 데 도움이 되는 좋은 말들이 가득 녹아들어 있었다.

이한열은 금강경을 통해 몸과 마음의 수신법을 배웠다. 초조하지 않게 생각하면서 먼 미래를 내다볼 수 있는 현명함을 배웠다.

'강호행을 끝마치고 돌아오면 더욱 높은 관직을 얻을 수 있어.'

주수선 군주마마가 이한열에게 철석같이 약속했다.

힘들고 어려운 임무나 해외 파견을 마치고 오면 승진하는 것과 똑같은 이치였다. 강호행은 관리에게 있어 해외 파견이나 비슷한 동시에 더 힘들고 어려웠다.

육조단경을 통해서는 우울하지 않게 살아가는 수신법을 배웠다. 불경의 마음 다스리는 법은 이한열에게 있어 진정한 자유가 무엇인지 넌지시 알려 줬다.

"너무 급속한 승진은 좋지 않아. 적들을 많이 만들 수 있는 일이야. 그러니 이번 강호행이 그렇게 나쁜 일만은 아니야."

이한열이 좋은 쪽으로 생각했다.

이번에 부정부패로 신고 된 배경에는 급속한 승진도 한몫을 하고 있었다. 이한열의 이름을 아는 사람들이 늘어나면서 자연스럽게 황실과 조정에 적도 많아졌다.

"무림행을 하다 보면 새로운 길이 펼쳐질 거야."

무림행은 새로운 기회였다.

무림인들은 관습과 사회의 질서에서 반쯤 벗어나 있는 존재들이었다. 자유로운 영혼을 가진 무인들을 규제하기란 사실상 불가능에 가까웠다. 무림이 생긴 이래 지금까지 어떠한 단체나 나라도 해내지 못했다.

무림인만의 길을 걸으면서 무한한 가능성을 체험하며 자유롭게 살아간다. 강함을 숭상하고, 무와 협을 추구한다.

"재미있는 일들이 벌어질 거야."

이한열의 입가에 미소가 어렸다.

그의 눈빛이 강호에 출두하면서 자유롭게 살고 싶다는 욕망으로 번들거렸다.

그는 권력을 추구하지만 그 가운데 권력이 가져다줄 자유를 열망하고 있었다. 커다란 부귀영화를 갈망하면서 동시에 바람처럼 자유롭게 흘러가기를 원했다.

각종 규제와 질서에 사로잡힌 딱딱한 황실과 관리 생활은 이한열에게 약간의 불편함이 있는 것이 사실이었다.

휘이잉! 휘이잉!

바람이 시원하게 부는 가운데 하늘 위에 구름이 두둥실 흘러간다. 구름 한 점 없던 하늘에 새하얀 구름들이 몽실몽실 피어나 있었다.

"구름이 흐르듯 세상사는 변하는 법! 천 조각구름 만 갈래 물 사이에 그 가운데 사는 내가 있다."

세상이 어지럽게 변화하고 갑작스럽게 황실에서 강호로 출두하는 변화가 일어났는데도 불구하고 이한열은 담담하다.

이한열이 감정을 물 흐르듯 자연스럽게 통제했다.

"갈 때 가더라도 마무리 지을 일은 마쳐야지."

조용하고 한가로운 집무실에서 이한열이 마침내 몸을 일으켰다. 눈엣가시와도 같았던 인물을 처단하러 갈 생각에 절로 마음이 흥분됐다.

저벅! 저벅!

발걸음도 가볍게 걸어가는 이한열의 눈동자가 고요한 가운데 즐거움으로 빛났다.

오후.

말쑥하게 동창의 복장을 갖춰 입은 세 명의 사람들이 서창으로 들어섰다. 서창에서 일하는 사람들이 기세등등하게 등장한 동창 사람들을 보면서 수군거렸다.

"동창 놈들이 서창에는 무슨 일이지?"

"조짐이 좋지 않아 보이는데……."

서창의 사람들이 눈살을 찌푸렸다.

정보기관들 사이에는 보이지 않는 알력 다툼이 있었고, 정권이 바뀌면서 그런 면이 더욱 강해졌다. 정보기관들이 물밑에서 치열하게 주도권을 잡기 위해 싸우고 있었다. 특히 동창과 서창 사이의 다툼은 피만 흘리지 않을 뿐 전쟁이나 다름이 없었다.

이런 판국에 동창의 사람들이 서창 건물에 들어섰으니 서창 사람들의 눈길이 곱지 않았다.

하지만 가장 앞에 선 이한열은 태연한 표정을 짓고 있었다. 사방에서 꽂히는 힐난하는 눈초리에 입꼬리를 말고 시원하게 웃었다.

그는 여유로운 눈길로 둘러보았다.

황궁의 삼대 정보기관 가운데 한 곳답게 서창 안은 매우 활기찼다. 역동적으로 움직이고 있는 사람들로 분주했다.

"여기 하진의 집무실이 어디지?"

이한열이 바로 앞에 있는 서창 인물을 붙잡고 다짜고짜 물었다.

"네?"

"못 들었나?"

"안으로 쭉 들어가시다가 우측으로 꺾으면 가장 첫 번째 방입니다."

사내는 당당하게 묻는 이한열의 말에 결국 하진의 집무실을 알려 줬다. 애당초 동창 인물인 이한열에게 쉽게 응대하지 않겠다고 마음먹었던 건 눈 녹듯이 사라지고 말았다.

저벅! 저벅!

이한열이 신바람 나게 걸음을 옮겼다. 사방에서 호의적이지 않은 시선을 받으면서도 한 치의 거리낌이 보이지 않았다.

씨익!

입가에 웃음이 절로 피어났다.

그는 지금 아주 신바람 나는 일을 벌이기 위해 서창에 나타났다. 거치적거렸던 대상을 치워 버리는 일을 항상 즐겨서 행했다.

은혜를 은혜로움으로 갚고, 원한을 철저하게 보복했다.

밑바닥에서부터 관직 생활을 한 이한열은 절실하게 느끼고 깨달은 진실이 있었다. 얕보이면 그 순간 평안하고 즐거운 삶이 끝장난다는 점이었다.

그래서 그는 공격을 당하면 보란 듯이 더욱 독하게 행동했다.

"무슨 일로 오셨습니까?"

비쩍 마른 날카로운 눈매의 사내가 앞을 가로막았다. 한 자루 칼처럼 예리한 기운을 뿜어내고 있는 사내였다.

비로소 이한열이 서창에 왔다는 걸 실감했다.

동창 인물들에게 결코 호의적이지 않은 인물들로 넘쳐 나는 곳이 바로 서창이었다. 서창에서 동창 인물이 여유롭게 걷는다는 건 결코 쉽지 않았다.

"하진을 만나러 왔다."

"미리 약속을 잡으셨습니까?"

"아니."

"약속이 없으면 만날 수 없습니다."

사내가 비릿하게 웃으면서 말했다.

한마디로 서창에서 꺼지라는 말을 우회적으로 표현한 것이었다.

비록 동창에 비해 약간 밀리고 있지만 막강한 힘을 가지고 있는 서창이었다. 서창에서 함부로 행동할 수 있는 사람은 황제밖에 없었다. 황제의 명령이 떨어지면 서창은 세상의 누구라도 잡아들일 수 있었다.

슥!

이한열이 자신감 넘치는 사내의 비릿한 웃음을 목격했다.

그가 생각에 잠겼다.

지금 눈앞의 사내가 무슨 생각을 하면서 웃고 있을까?

그의 생각이 많아졌다.

하나의 현상을 보면서 여러 생각에 빠지는 건 학사로서 지내 왔던 삶의 영향이었다. 다른 사람들보다 깊게 생각에 빠져들고는 했다.

'어떻게 박살 낼까?'

이한열은 사내의 자부심을 산산이 깨뜨려 줄 작정이었다.

"약속을 잡고 다시 찾아오시기 바랍니다. 이한열 당두님."

"호오! 나를 알고 있군."

"위명이 쟁쟁한 분이기에 기억을 하고 있었습니다. 당장 돌아가 주십시오. 그렇지 않으면 강제로 보내 드릴 수밖에 없습니다."

사내의 눈빛이 강렬했다.

한마디로 기세와 힘이 강하게 녹아들어 있는 시선이었다.

끄덕! 끄덕!

이한열이 고개를 움직였다.

역시 황궁에는 인재가 많았다.

서창에서 자유롭게 움직이는 건 당두이면서 문화전대학사인 이한열이라고 해도 할 수 없는 일이었다. 그리고 그런 사실을 이한열이 잘 알았다. 오만불손하게 행동했다가는 금방 목이 날아갔다.

"무서워서라도 돌아가야겠지만 내게는 이것이 있다네."

슥!

이한열이 품속에서 첩지를 꺼내 들었다.

팔락! 팔락!

첩지가 그의 손길에 의해서 흔들렸다.

흰 종이 위에 적혀 있는 검은 글씨 위로 붉은 색 직인이 무척이나 선명했다. 웅장하면서도 강력한 힘이 넘치는 직인이었다.

"분명히 약속을 잡지는 못 했지."

여유롭게 이야기를 하는 이한열의 모습에 사내가 당혹스러운 표정을 지었다.

"그건……."

첩지에 찍혀 있는 붉은 인주를 목격한 사내의 눈빛이 요란하게 뒤흔들렸다. 머릿속에서 붉은 직인을 뺀 나머지 생각들이 사라져 갔다.

그가 멍한 눈빛으로 붉은 직인을 바라보았다.

당혹스러워하는 사내를 보면서 이한열이 활기찬 웃음을 지었다. 당당하게 행동하던 사람이 첩지 하나에 완전히 뒤바뀌었다.

"황제 폐하가 직접 내리신 첩지이지. 어떤 내용이 적혀 있는지 읽어 줘야 막아서고 있는 위치에서 비켜나겠나? 그렇다면 친절하게 토시 하나까지 읽어 줄 준비가 되어 있다네."

이한열의 말투는 부드러웠다.

하지만 그 안에 담겨져 있는 가시는 셀 수 없이 뾰족하고 날카로웠다.

"죽을죄를 지었습니다. 어찌 제가 감히 황제 폐하의 첩지를 막아서겠습니까?"

사내가 황급히 물러섰다.

황제 폐하의 첩지를 가지고 있는 이한열을 막아섰다는 자체만으로도 구설수에 오를 수 있었다. 만약 억하심정으로 이한열이 붙잡고 늘어진다면 옷을 벗어야 할 수도 있었다. 억울할 수도 있었지만 황제 폐하의 첩지에는 실로 엄청난 힘이 실린다.

"황제 폐하의 직인이 찍힌 첩지야."

"옥새가 찍힌 첩지는 쉽게 받을 수 없는데. 이한열 당두는 대단하구나."

"군주마마의 총애를 받는다고 하더니 사실이었어."

새롭게 등극한 황제 폐하가 직접 옥쇄로 직인을 찍는 경우는 무척 드물었다. 황제가 된 뒤 그가 있는 곳은 거의 대부분 아방궁이었다. 대륙에서 아름다운 여인들을 잔뜩 뽑아 아방궁에서 행복하고 즐거운 시간을 보냈다.

황제를 대신하여 직인을 찍는 사람은 바로 주수선이었다.

입가에 야릇한 웃음을 짓는 이한열은 무대책으로 서창에 불쑥 난입하지 않았다. 아무 생각 없이 움직이지 않고 앞뒤를 이리저리 따졌다. 그러고는 유리한 쪽으로 결과가 나온 뒤에 직접 움직였다.

지금 그의 손에는 전가의 보도인 황제의 칙서가 들려 있었다.

슥!

이한열이 여유로운 시선으로 주변을 훑었다.

"……."

"음!"

"……."

방금 전까지 시끄럽게 떠들던 서창의 사람들이 일제히 입을 다물었다. 역동적으로 움직이던 건물의 분위기가 순식간에 조용해졌다.

마치 찬물을 끼얹은 것처럼…….

적막해진 분위기가 무척이나 어두웠다.

정보를 다루는 자들답게 서창의 사람들은 이한열이 좋지 않은 의도로 방문했다는 사실을 잘 알았다.

"아! 자네! 이름이 어떻게 되지?"

"네! 장고도라고 합니다."

"하진을 만나러 가는데 또다시 방해하는 인물들이 나타나면 귀찮으니까 앞장서도록."

"……."

와그작!

혹 떼려다가 거꾸로 혹을 붙여 버리게 된 장고도의 얼굴이 휴지조각처럼 일그러졌다. 서창에 대해 가지고 있던 자부심이 지금 동창 당두인 이한열에게 산산이 박살 났다.

"싫어? 황제 폐하의 첩지를 가지고 왔는데 서창의 대접이 참으로 엉망이네."

까마득히 높은 위치에 선 이한열이 장고도를 내려다보면서 이야기했다. 제대로 하지 않으면 좋지 않다는 분위기를 마구 풍겼다.

그가 서창에 와서 언제 또 갑질을 할 수 있겠는가?

호가호위라고 황제 폐하의 첩지가 있을 때 요란하게 갑질을 할 작정이었다.

"모시겠습니다."

갑질의 희생자가 된 장고도가 앞장서서 이한열을 안내했다.

걸어가는 그의 얼굴 표정이 좋지 않았다. 내켜하지 않은 바가 명백했지만 황제의 칙서를 든 이한열의 명을 거부할 수 없었다.

신기하게도 장고도의 모래 씹는 표정을 뒤에서 걸어가고 있는 이한열이 고스란히 느꼈다.

그는 장고도가 자신에게 진심으로 굴복한 것이 아니라는 걸 알고 있었다. 단지 황제의 위엄에 고개를 조아렸을 뿐이었다.

'호가호위를 제대로 활용할 수 있으면 여우가 호랑이가 될 수도 있지.'

주수선의 최측근으로 대우받고 있는 이한열은 한층 호랑이에 가까워졌다. 아니 정확하게 말하면 호랑이의 위세를 빌려다 쓸 수 있게 됐다.

'네 것이 내 것 아닌 내 것이 되는 세상이지.'

권력과 위세를 잘 빌려서 쓸 수만 있다면 커다란 힘이 된다. 그것이 비록 남의 것이라고 해도 빌려서 사용할 때만은 온전히 그만의 것이 될 수 있었다.

비상하게 머리를 굴리는 이한열은 그런 면에서 탁월했다.

"도착했습니다."

"수고했네."

"저는 이만 물러가겠습니다."

"어허! 물러가기는 어디를 간단 말인가? 갈 때도 자네와 같은 인물이 불편하게 길을 막아설 수 있으니 문 앞에서 대기

하도록 해."

한 번 물면 끝까지 놓아주지 않는 치졸하면서 좁은 마음의 이한열이 장고도를 쉽사리 놓아주지 않았다. 뒤에서 호박씨를 까는 사람들에게 소인배라는 비아냥거림까지 듣고 있었다.

"대기하겠습니다."

명을 받드는 장고도는 마음이 너무나도 아팠다. 얼굴 표정이 시커멓게 죽었다. 서창에 대한 자부심이 산산이 깨어지면서 커다란 충격을 받았기 때문이었다.

"어떻게 해?"

"손쓸 방법이 없어."

"황제 폐하의 첩지가 있는 이상 서창의 수장이 나선다고 해도 이번 일을 막을 수는 없어."

이한열의 방문으로 인해 하진의 집무실 분위기가 어수선해졌다. 서창의 제사인자 하진을 보필하는 인물 십여 명이 집무실에서 일하고 있었다.

호화롭게 꾸며진 집무실 안의 사람들이 일제히 입을 꾹 다물었다.

'올 것이 오고야 말았다.'

'망했다.'

'큰일이야.'

그들은 이한열과 상사인 하진의 사이가 좋지 않다는 사실을 누구보다 잘 알았다. 이한열의 비리를 집중적으로 캐내는 데 동원됐는데 모를 수가 없었다.

황제의 칙서를 든 이한열의 방문!

하진의 집무실에 있는 사람들에게는 청천벽력이었다.

하진으로만 끝나지 않을 악몽이었다.

그들은 조사를 하면서 이한열이 아군에게는 따뜻한 배려를 해 주지만 적에게는 흉흉한 뒤끝을 작렬시킨다는 걸 잘 알게 되었다.

"집무실 분위기가 좋지 않네. 높은 사람이 왔는데 응대도 하지 않고, 제대로 못 배웠어."

이한열이 지나가는 말투로 나무랐다.

윗사람이 왔으면 아랫사람들이 알아서 응대하는 것이 당연한 도리였다. 비록 경쟁 관계에 있는 정보기관이라고 해도 품계는 그냥 있는 것이 아니었다.

"미처 영접을 하지 못해 죄송합니다. 저는 서창의 이재명이라고 합니다. 여기까지는 무슨 일로 왕림하셨는지요?"

하진의 오른팔인 이재명이 이한열에게 다가와 공손하게 대했다.

"하진을 만나러 왔다네."

마치 첫사랑 연인을 만나러 온 것처럼 이한열이 들뜬 음성으로 말했다.

미칠 듯이 만나고 싶었다.

"안에서 기다리고 계십니다."

하진은 자신만의 심처에서 두문불출하고 있었다.

이한열의 범죄행위를 들춰내어 죄를 물으려고 하다가 수포로 돌아가고야 말았다. 정치공작이 실패로 돌아가고 나면 반대로 역공에 몰릴 것도 감수해야만 했다.

"그와는 만나서 해결해야 할 인연이 있지."

이한열이 기다리고 있는 사람을 찾아갔다.

정성을 담아서 손수 들고 온 칙서와 함께 말이다.

사실 서창까지 직접 찾아온 건 과한 측면이 있었다. 하지만 그걸 알면서도 직접 온 건 망가지고 아파할 하진을 보기 위해서였다.

'내게 칼을 들이대고 무사할 줄 알았으면 오산이지.'

이한열은 손해를 보는 한이 있더라도 원수의 처리를 직접 감당했다.

슥!

그가 문을 열고 안으로 들어섰다.

실내에는 한 사내가 이한열을 똑바로 바라보면서 앉아 있었다. 단정한 옷차림과 함께 이지적이면서 날카로운 외모가 무척 인상적이었다. 낱낱이 해부할 것만 같은 사내의 시선이 매섭게 들끓어 올랐다.

바로 하진이었다.

"처음 만나 뵙게 되는군요."

하진이 자리에서 일어나지 않은 채 싸늘하면서도 친근한 말을 내뱉었다.

스윽!

이한열이 하진의 앞에 위치한 의자에 태연스럽게 앉았다.

"오랜 친우를 만난 느낌이오."

"그렇소? 나도 그런 느낌을 받았지요."

둘 사이의 분위기가 서늘하면서도 나름 부드러웠다.

이한열이 부드러우면서 무심한 눈빛이었고, 하진이 침착한 듯 뜨거운 눈빛이었다.

빠직! 빠직!

둘의 시선이 허공에서 격렬하게 부딪쳤다.

뚫어져라 바라보는 하진에 비해서 이한열은 여유가 넘쳤다.

"친우라면 말을 편하게 해도 괜찮겠지. 이제 더 이상 나는 서창의 사람이 아니겠군."

"틀리지 않아."

"자네를 낙마시키려고 하다가 오히려 내가 박살 났어."

"자고로 타인을 죽이려고 할 때는 자신도 죽을 각오가 되어 있어야지."

이한열의 말에 하진의 몸이 잠시 딱딱하게 굳었다. 이미 짐작하고 있는 일이었지만 몸과 마음이 얼어 버리는 건 어쩔 수 없었다.

찰나의 순간 심각한 표정을 지었던 그가 다시금 풀어 버렸다.

"틀린 말이 아니야. 난 자네를 정치적으로 죽이려고 했어."

"글쎄! 정치적인 죽음이 나에게는 죽음이나 마찬가지이지."

이한열이 담담하게 말했다.

관직에서 쫓겨나 다시금 과거의 삶으로 돌아간다?

그걸 버티기가 불가능하다는 걸 알았다.

왜?

북경에 와서 달콤한 생활에 익숙해졌기 때문이었다. 아름다운 미녀들과 황홀한 밤을 보낼 수 있고, 산해진미를 마음껏 먹을 수 있었다. 호화로운 문화생활도 원하는 대로 누리는 것이 가능했다.

이제 이한열은 더 이상 순박하고 공부에만 집중하던 시골 청년이 아니었다.

세속에 닳고 닳은 북경의 관리였다.

"당신도 알다시피 우리들에게 상대를 밟고 위로 올라가는 건 문제가 되지 않아. 그러니 죽이려고 한 일에 대해 미안해하지 않겠어. 내가 미안해야 하는 사람이 있다면 내 자신과 가족들뿐이야."

하진의 입가에 씁쓸하면서 메마른 웃음이 피어났다.

그는 자괴감에 빠져 있었다.

스스로에 대한 한심함도 있었지만 그건 작은 부분이었다. 그의 몰락으로 인해 가족들까지 피해를 입었다는 사실이 커다란 아픔이었다.

사랑하는 가족들의 아픔은 그에게 심각한 고통과 회한을 주었다.

"그대의 심정이 충분히 이해된다."

이한열이 고개를 끄덕였다.

가족은 사람들에게 있어 삶의 희망이자 근원이었다. 그 뿌리가 하진의 잘못으로 인해 송두리째 뽑혀 나갈 처지였다.

실내에 기묘한 정적이 감돌았다.

침묵이 감도는 가운데 두 사람의 눈빛이 부딪쳤다. 이한열의 눈빛이 강렬하게 타오르고 있었고, 하진의 눈빛이 점점 잦아들어 갔다. 이한열의 우위가 확연하게 드러났다.

버티지 못한 하진이 눈을 질끈 감아 버렸다.

"이제 나는 어떻게 되는 건가?"

이한열의 입가에 미소가 어렸다.

그는 자신의 방문 목적을 하진에게 친절하게 설명해 줄 용의가 충만했다. 그래서 일부러 하진을 만나러 서창까지 직접 행차하였다.

"자네의 비리가 만만치 않더군."

"그렇겠지."

털어서 먼지 나오지 않는 사람이 없다. 없으면 만들어서라도 내놓을 수 있는 작자들이 바로 정보기관의 사람들이었다. 그리고 어차피 지금의 자리에 오르기까지 하진이 저지른 비리의 수가 적지 않았다.

이한열은 하진의 비리를 많이 알아냈다.

그리고 그 비리를 상소문을 통해 위에 보고하여 하진의 실각과 유배에 대한 첩지를 얻을 수 있었다. 뇌물과 부정부패, 관리들의 사리사욕을 준엄하게 비판하는 상소문이었다.

"그대가 이겼소. 승자의 아량을 베풀어 줄 수 있겠소?"

자리에서 일어난 하진이 바닥에 닿을 정도로 고개를 숙였다.

"패자면 패자답게 승자의 처분에 따라야 하는 법이라오."

이한열이 웃으면서 답했다.

그의 눈에는 하진의 궁지에 몰려 방어를 하는 모습이 여실하게 보였다. 이번의 곤경에서 빠져나오면 차후에 다시금 비수를 꽂을 위인이었다. 한 번 권력의 맛을 본 자들은 타인을 끌어내리는 데 있어 주저하지 않았다.

이한열이 어떻게 하진을 이렇게 잘 아는 것일까?

바로 자신과 같은 유형의 인간이었기 때문이었다.

"잔인하시오."

"삭초제근. 뿌리까지 뽑을 생각이라오."

이한열이 일단 손을 쓴 이상 자비란 보이지 않았다. 도망
갈 구석이 없을 정도로 몰아 버려 그 사람의 뿌리까지 뽑아
야 했다.

"그 말은……."

"그대의 아들과 부인 역시 부정부패와 연루된 증거가 나왔
다오. 이를 알게 된 군주마마께서 부정부패를 뿌리 뽑으라고
추상같이 명령하셨지요."

"아!"

휘청!

하진이 쓰러질 것처럼 흔들렸다.

부르르! 부르르!

그가 두려워하고 있던 일이 벌어졌다. 삭탈관직을 당하고
유배 길에 오르는 건 두렵지 않았다. 하지만 가족들까지 피해
를 입게 되는 건, 몸과 마음이 갈기갈기 찢어질 것처럼 너무
나도 아프게 했다.

방금 전 고개를 숙인 것도 자신에게만 사정의 칼날을 한정

해 달라는 읍소였다. 그렇지만 눈앞의 무정한 이한열이 읍소를 받아 주지 않았다.

"타인의 눈에서 피눈물을 흘리게 한 업보가 얼마나 무서운지 아시오?"

"정말 그렇게 생각하오?"

"그렇소."

"그건 하늘에게 물어보시오."

이한열은 이번 일에 대해 하진과 토론을 벌이고 싶지 않았다. 단지 압도적으로 우위에 선 승자의 위치에서 패배자를 내려다볼 뿐이었다.

"끌고 가서 문초하라. 어디에서 어떻게 부정부패를 통해 축재하였는지 낱낱이 밝혀내야 한다. 그래야 부정부패를 뿌리 뽑을 수 있을 것이다."

이한열은 합법적으로 하진을 망가뜨리려하고 있었다.

동창의 문초는 지독함에 있어서 정평이 났다. 동창에 한 번 들어갔다 나오면 사지 멀쩡한 사람들도 태반이 병신이 된다.

이한열이 각별하게 대하라고 문초를 하는 간부들에게 지시를 해 둔 상태였다.

"예."

두 명의 동창 요원들이 복명하면서 하진에게 다가갔다. 그들이 하진을 제압하려고 하였다.

"놓아라. 내 발로 걸어갈 것이다."

하진이 동창 요원들의 팔을 뿌리치면서 매서운 눈빛으로
이한열을 노려보았다.

"이대로 끝날 거라 생각하지 마라. 지옥에서 돌아와 네놈
을 나락으로 떨어뜨려 주마."

"후후후!"

이한열이 보일락 말락 희미한 미소를 베어 물었다.

빈 수레가 요란하다고, 추락한 자들의 발악은 추악할 뿐
이었다. 현실을 부정하며 반항하는 자들 대부분에게서 나오
는 반응이었다.

"기대하지. 이건 알고 가시오. 나는 그대를 미워하지 않아.
오히려 고마워하고 있지."

"뭐라고?"

"그대 덕분에 나의 탐욕을 알게 되었고, 또 주제를 알게 되
었다오. 그대와 같은 사람들이 계속 나와서 경종을 울려 줬
으면 하는 희망이오. 그래야 내가 오만에 빠져들지 않을 테니
까."

이한열이 여유로운 태도로 하진의 불타오르는 눈빛을 꿰
뚫었다.

"말도 안 되는 궤변! 네가 풍기는 썩은 냄새가 천지에 진동

하고 있어! 부정부패를 뿌리 뽑기 위해서는 바로 너같은 종자가 사라져야 한단 말이다.”

소위 머리 뚜껑이 열릴 정도로 분노한 하진이 길길이 날뛰었다. 그는 눈이 벌겋게 충혈된 상태로 이한열에게 달려들려고 하였다.

툭!

투욱!

두 명의 동창 요원들이 하진의 마혈을 가볍게 제압하였다. 혹시라도 있을 난동에 대비하여서 동행한 요원들이라 그 실력이 녹록치 않았다.

“데리고 가겠습니다.”

동창 요원들이 금방이라도 터질 것처럼 붉은 얼굴로 눈알을 마구 굴리고 있는 하진을 양쪽에서 부축하고 밖으로 나섰다.

‘궤변이라? 부정부패에서 내가 빠질 수는 없겠지. 하지만 썩은 냄새를 풍기지는 않아. 모두가 이익이 되는 길을 찾고 있으니까.’

이한열이 스스로에게 위로의 답을 건넸다.

물론 그런 대답을 밖으로 내뱉지 않고, 그저 생각으로 그칠 뿐이었다. 스스로 답을 찾아냈지만 그것이 궤변이라는 걸 누구보다 머리 좋은 그가 잘 알고 있었기 때문이었다.

"가시는 데까지 모시겠습니다."

밖으로 나온 이한열을 안내하는 장고도가 입술을 잘근잘
근 씹었다. 얼마나 강하게 씹었는지 붉은 핏물이 흘러나왔다.

"너무 강하게 씹으면 입술과 치아에 좋지 않아."

피 흘리고 있는 장고도에게 이한열이 친절하게 조언해 줬
다.

꾸욱!

장고도가 입술을 더 심하게 씹은 탓에 핏물이 더욱 많이
베어 나왔다. 당장 길길이 날뛰고 싶었지만 결코 행하지 못했
다. 화를 꾹 참기 위해 입술만 더 강하게 씹어 댈 뿐이었다.

애꿎은 입술만 봉변을 당했다. 분명 몸에 도움이 되는 적
절한 이한열의 조언이었지만 그것이 장고도의 마음을 더욱
심하게 병들게 했다.

"감안하겠습니다."

"그래! 좋은 마음으로 잘 받아들여 주면 좋고."

이한열의 말이 비수가 되어 장고도의 마음을 갈기갈기 찢
어 놓았다. 이한열은 사람을 복장 터지게 만드는 데 있어 참
으로 뛰어난 재주를 가지고 있었다.

"결국 잡혀가시는구나."

"아! 서창이 동창에게 힘 싸움에서 밀렸어."

"슬프다."

서창 사람들이 제압되어 끌려나오는 하진을 보면서 안타까워했다. 몇몇 사람들은 보기 싫은지 두 눈을 질끈 감아 버렸다.

서창의 역사에 있어 참으로 굴욕적인 날이었다.

저벅! 저벅!

더 이상 서창에서 볼일이 없는 이한열이 가장 뒤에서 보무도 당당하게 걸어 나갔다. 흐트러짐 없이 내딛는 걸음에 여유가 넘쳐흘렀다.

"인사 올립니다. 이한열 문화전대학사입니다. 왕직 첩형이시지요?"

이한열이 입구 한쪽에서 씁쓸한 표정을 짓고 있는 한 사내를 보면서 반갑게 말을 건넸다. 서창의 삼인자 가운데 한 명의 얼굴을 알고 있었다.

"왕직입니다. 문화전대학사 님에 관한 말씀은 많이 들었습니다."

왕직이 공손하게 다가오는 이한열에게 마지못해 예의로 답했다. 겉으로는 공손했지만 속이 불편한 걸 완전히 숨기지는 못했다.

"이렇게 만나 뵙게 되어 영광입니다."

"저야말로 영광이지요."

"아시는지 모르겠지만 제가 이번에 강호에 출두하게 되었습니다."

"들었습니다."

"알고 계시다니 다행입니다. 이번 강호행은 위에서 많은 관심을 가지고 있는 일입니다."

이한열이 웃음기를 머금은 채 말했다.

대인의 풍모를 여유롭게 풍기고 있는 이한열에게 왕직은 점점 위축되어 갔다. 같은 위치의 하진이 잡혀가고 있으니, 왕직도 이한열의 눈 밖에 날 경우 위태로울 가능성이 있었다.

"알고 있습니다."

"제가 강호에 대해서 잘 모릅니다. 그래서 말씀인데 강호행에 관련해서 서창의 많은 지도 편달 부탁하겠습니다."

"……."

왕직은 기가 막혀 차마 말을 하지 못했다.

내창이라고도 불리는 서창에 비해 외창인 동창이 강호에 대해서 더 잘 알고 있었다. 강호에 대해서도 사찰을 하고 있지만 서창은 황실과 조정의 감찰과 감시가 주된 임무였다.

그런 사실을 뻔히 알면서 동창의 요원이자 문화전대학사인 이한열이 서창의 조력을 당당하게 이야기하고 있었다.

"미력하겠지만 최선을 다해 도움드리겠습니다."

"감사합니다. 서창에서 볼일을 모두 마쳤으니 이제 그만 가 봐야겠군요."

말을 마친 이한열이 더 이상 왕직의 말을 기다리지 않고 등 돌렸다. 그리고 거침없이 나아가기 시작했다.

"살펴 가십시오."

어이가 없는 표정의 왕직이 점점 멀어져 가는 이한열에게 고개 숙여 인사하였다. 강호행을 마치고 돌아오면 권력의 중추에 앉게 될 사람에게 알아서 기었다.

第二章
맹방

이제 얼마 후면 강호로 떠나야 하지만 이한열의 생활은 바뀌지 않았다.

애초에 아무 일도 벌어지지 않았다는 듯이 평범하게 지냈다. 직접적으로 탁탑천을 가르치고 있지는 않았지만 여전히 탁둔원의 별채에서 편안하게 생활하는 중이었다.

별채에서 책을 읽고 있는 시간에 탁둔원이 이한열을 찾아왔다.

"탑천이의 성적이 더욱 올라갔습니다."

탁둔원이 입가에 미소를 지으며 말했다.

자식의 성적이 계속 쑥쑥 오르자 그는 무척이나 행복했다.

그리고 자식에게 지대한 영향을 끼치고 있는 이한열을 더욱 극진하게 모셨다.

"공부에 대한 탑천이의 생각이 확실히 예전과 달라져 있지요. 그것이 성적에 좋은 영향을 미치고 있는 것입니다. 자고로 공부는 습관인 법이지요."

이한열이 평소의 생각을 이야기했다.

"그런데……."

탁둔원이 말끝을 흐리면서 이한열의 눈치를 살폈다.

"편안하게 말씀하시지요."

이한열의 음성이 부드러웠다.

벼슬길에 나서면서 그의 눈치가 비상해졌다. 윗사람들을 상대하고, 아랫사람들을 부리면서 눈치가 늘어날 수밖에 없었다. 황궁에서는 말 한마디 잘못했다가 목숨을 잃는 경우가 허다했기 때문이다.

"탑천이의 성적 향상 속도가 둔화되고 있어서 걱정입니다."

탁둔원이 말했다.

그는 자식의 성적 향상이 기쁘기도 하지만 부족한 점을 느꼈다. 얼마 전까지만 해도 탁탑천이 공부를 조금만 더 잘해도 좋겠다고 여겼는데, 이제는 더욱 잘하기를 원하고 있었다. 욕심 같아서는 다섯 손가락 안에 들기를 소원했다.

탁둔원이 탁탑천의 공부에 대해서 더욱 큰 욕심을 냈다.

그리고 그런 욕심을 해결해 줄 수 있는 사람이 이한열이라는 사실을 알았다.

얼마 전에 그는 태산에서 난다는 신비한 녹차의 한 종류인 월로초 한 항아리를 별채에 보냈다. 무척 비싸고 구하기도 쉽지 않은 월로초였다. 달빛을 머금고 자란다는 월로초를 장복하면 무병장수하고, 몸에 좋은 기운이 흐른다고 한다.

월로초 한 항아리의 가격은 산삼 칠십 년산 보다 더욱 비싸게 거래된다.

월로초 뿐만 아니라 이한열이 산삼을 좋아한다는 이야기를 전해 듣고 산삼 두 뿌리까지 보냈다.

산삼은 이미 이한열의 뱃속으로 들어갔고, 월로초는 매일 아침저녁 잘 우려 마시고 있는 중이었다.

"탁천이는 제가 운영하고 있는 서점을 물려받아야 하는 아이입니다. 서점을 운영하기 위해서는 회계도 할 줄 알아야 하고, 많은 공부도 해야 합니다. 단순히 책을 파는 공간이 아니지요."

탁둔원이 이한열에게 이야기했다.

끄덕! 끄덕!

이한열이 동의했다.

"서점은 단순히 책이 있는 공간이 아니지요. 그림과 글씨로 유명한 학사들이 찾고, 학사들이 서로 긴밀하게 연결되고 있는 유한 공간이지요. 귀한 서적들을 확보하고, 좋은 학사들을 단골손님들로 확보한다면 시발서점의 미래는 더욱 밝을 것입니다."

이한열이 웃으며 말했다.

그는 칠서인 사서삼경을 서점에서 처음 보았을 때를 잊지 못했다. 글과 책에 목말라하던 그에게 수많은 책들이 넘실거리던 서점은 환상적인 공간이었다.

"맞는 말씀입니다. 그래서 하는 말인데……."

탁둔원이 말끝을 흐리는가 싶더니 이내 다시금 입을 열었다.

"저는 탁천이가 천림서원에 들어가는 걸 보고 싶습니다. 그곳에 들어가면 앞으로 전도유망한 학사들을 친구와 선후배로 만날 수 있으니까요."

이한열이 뜨거운 열망을 잔뜩 뿜어내고 있는 탁둔원을 바라보았다.

"요즘 탑천이가 좀 크기는 했습니다. 하지만 천림서원에 들어가기엔 아직 부족함이 많습니다."

이한열이 점잖게 한마디 툭 했다.

북경에서 세 손가락 안에 들어가는 천림서원의 명성은 하늘을 찌를 듯하다. 천림서원에 들어가는 자체로 미래가 탄탄하다는 말이 있을 정도였다. 천림서원 출신들이 관계와 정계

등에서 아주 잘나가고 있다.

천림서원은 과거에서 상당한 합격자를 배출하고 있었다. 게다가 수많은 명가와 지체 높은 가문들에서 공부하기 위해 많은 사람들이 몰려온다. 천림서원의 학연은 그야말로 가공할 힘을 가지고 있다. 천림서원 출신이라고 하면 결코 무시를 할 수가 없다.

"맞는 말씀입니다. 탑천이가 지 딴에는 지금도 잘한다고 콧대를 세우고 있지만 천림서원에 비해서는 아무것도 아니지요."

탁둔원이 자식의 부족함을 인정했다.

그런 탁둔원을 보면서 이한열이 미소를 지었다.

"자고로 공부는 부족함을 알아야 하는 법이지요. 그리고 지금 부족하다고 해서 미래에도 부족하지는 않습니다. 주변에서 잘 이끌어 준다면 더욱 앞으로 나아갑니다."

"장차 훌륭한 사람이 되었으면 하는 바람입니다."

"달리는 말에 채찍질을 하면 됩니다."

이한열이 단순하게 말했다.

공부에는 왕도가 없다.

그리고 게으르고 정신이 나태한 탁탑천에게는 가혹한 채찍질이 필요하다. 학문적으로 다소 무딘 재능을 가지고 있는 탁탑천은 때리면 때릴수록 더욱 빠르게 달려가는 성격이었다.

이한열은 이미 탁탑천에 대한 분석을 끝내 놓은 상태였다.

아무리 훌륭한 분석이라도 적절하게 운용하지 않으면 죽은 정보가 된다. 탁탑천이 하는 행동과 정신에 따라 대응법을 달리 해야 한다.

사람을 부리는 데 있어서 타의추종을 불허하는 이한열이다.

그는 이미 여러 가지의 준비를 해 놓았고, 그런 준비를 탁탑천에게 펼쳤다. 시간이 없고 바쁘기에 직접적으로 하지 않았지만 봉연무관의 조연풍에게 잘 부탁했다. 조연풍이 이한열의 준비를 탁탑천에게 그대로 실행했다.

이른 새벽부터 힘든 시간을 보내는 탁탑천의 입에서는 연일 단내가 났다.

이한열은 조연풍에게서 탁탑천에 대해 모두 전해 듣고 있었다. 직접 눈으로 보지 않아도 머릿속에 상황들이 생생하게 떠올랐다.

사람을 굴리는 부분에 있어서 이한열의 재능은 실로 무서웠다.

'내가 천재보다 뛰어나다고는 하지 못한다. 하지만 천재보다 사람들을 잘 쥐어짜고 조련한다고 자부한다.'

씨익!

이한열이 웃었다.

북경에 와서 자신의 성격과 탐욕적인 부분들에 대해서 알았다. 고향에 있었다면 적당히 만족하면서 목가적인 삶을 살았겠지만 북경에서는 아니었다. 소위 목숨까지 위협받아가면서까지 열심히 탐욕을 드러냈다.

"여기에서 더 탑천이를 굴린다는 말입니까?"

탁둔원이 우려를 표했다.

너무 심하게 굴리면 줄이 끊어지는 법이었다. 사람에게는 한계가 존재했다. 그리고 그것에 대해서 이한열이 잘 알았다.

"압박만 하면 안 먹히겠지요. 그러니까 당근으로 제시할 상이 필요합니다."

"상이라면?"

"눈이 번쩍 뜨이게 하는 상이면 됩니다."

"그런 상이 있습니까?"

"천림서원에 들어가게 될 경우, 제가 별채에서 나간다고 하면 되겠지요. 그 이야기를 들으면 탑천이가 쌍수를 들고 환영할 겁니다."

이한열이 웃으며 말했다.

근래 들어 탁탑천은 이한열에게 이를 부득부득 가는 중이었다. 그는 힘들게 육체 수련을 한 뒤, 늦은 밤까지 책을 붙잡고 강제로 공부해야만 했다. 그것뿐만 아니라 봉연무관에서 수련생들의 옷가지를 빨래하거나 곳곳을 깨끗하게 청소했고, 심지어 변소까지 치웠다.

너무나도 편하게 살아왔던 탁탑천의 게으른 근성을 뿌리째 뽑아야 한다면서 이한열이 억지로 시킨 일들이었다. 변소를 치우고 돌아온 탁탑천에게서 지독한 냄새가 폴폴 풍겼다.

탁탑천으로서는 이한열이 원수처럼 밉게만 보일 수밖에 없었다.

"안 됩니다."

탁둔원이 강하게 반발하며 고개를 설레설레 저었다.

그는 훌륭한 성적을 만들어 내는 이한열을 별채에서 빠져나가도록 만들고 싶지 않았다. 오랜 시간 이한열과 함께 시간을 보내고 싶은 마음이었다.

"이걸 아셔야 합니다. 공부를 잘할 수 있도록 제가 유도할 수는 있어도 결국 좋은 성적을 내야 할 사람은 탑천이입니다."

이한열은 별채에서 칙사 대접을 받는다.

탁둔원의 부인이 그를 보면 '우리 진사님' 하면서 공경했고, 하인들이 허리를 굽혔다. 그리고 끼니때마다 항상 산해진미가 올라왔다. 한 번도 먹어 보지 못한 남만의 과일까지 보였다.

"그렇지만……."

"천림서원에 들어가기 위해서는 사서삼경인 칠서의 내용을

머릿속에 집어넣어야 합니다. 방대한 칠서를 정리한다는 것이
쉬운 일은 아니지요."

탁탑천은 평범한 범재였다.

범재가 천림서원에 들어가기는 무척이나 어렵다. 하루 종일
책상에 앉아서 공부를 한다고 해도 천림서원에 등원하기가
힘들다.

"범재가 천림서원에 들어가기 위해서는 열정과 노력이 필요
합니다. 열정과 노력이 뒷받침된다면 사서삼경에서 중요하게
강조되는 내용들, 시험의 출제자라면 결코 빼놓을 수 없는 중
요한 부분들에 대해서 배워 나갈 수 있습니다."

이한열이 과거를 준비하면서 느껴 왔던 내용을 털어놨다.

"별채에서 나가면 자식 놈의 공부는 어떻게 합니까?"

"공부를 꼭 별채에서만 가르쳐야 한다는 법이 있습니까?"

이한열이 의미심장하게 웃었다.

"그 말씀은?"

탁둔원이 갑작스럽게 되물었다.

"공부는 언제 어느 곳에서나 할 수 있는 법이지요. 장소는
중요하지 않습니다."

이한열은 탁탑천을 손바닥에서 빠져나가도록 할 생각이 없
었다. 탁탑천을 가르치면서 제 시간을 빼앗기기는 했지만, 그
것이 완전히 손해만은 아니었다.

공부는 타인을 가르치면서 배우는 부분도 많았다.

항상 가르침만을 받아 왔던 이한열은 탁탑천을 가르치면서 더욱 많은 것을 알게 됐다. 남에게 지식을 전수하기 위해서는 우선적으로 잘 알아야 한다. 탁탑천에게 알려 주다 보면 이한열이 배우는 부분도 많았다.

반면교사.

그동안 배우고 익혔던 공부를 탁탑천에게 알려 주면서 이한열은 자신을 되돌아봤다. 참으로 유익한 시간이었다. 주제와 분수를 알면서 실력이 점점 증진됐다.

서책에 적혀 있는 대로 고지식하게 배우고 외웠던 내용들이 이한열의 정신세계에서 산지식이 됐다. 깨달음을 얻어 죽었던 지식들이 되살아난 셈이다.

이한열만의 진리들이 만들어지는 중이었다.

"공부에는 왕도가 없지요. 어디에도 정답이 없습니다. 천재는 노력하는 사람을 이길 수 없고, 노력하는 사람은 즐기는 사람을 이길 수 없다는 말을 들어 보셨습니까?"

"듣기는 했습니다."

"억지로 하는 일에는 한계가 있지요. 받아들이는 부분도 즐기는 자에 비해서 떨어집니다. 지금의 탑천이가 바로 그런 셈입니다. 주변에서 억지로 시키는 일들을 하는 탑천이가 즐거울 리가 없지요."

"그렇기는 합니다."

탁둔원이 조금 씁쓸해진다.

탁탑천이 싫어하는 걸 보면서도 억지로 시키는 부모의 심정도 편치 않았다. 다만 밝고 활기찬 미래를 위해 강요하고 있을 뿐이었다. 언젠가는 부모의 마음을 알아 줄 거라는 바람을 가진 채……

"즐기는 쾌감을 탑천이가 알게 된다면 분명히 한 단계 성장할 겁니다. 자신 스스로를 굳게 믿고, 하고자 하는 일에 열정을 쏟으려, 매순간 최선을 다한다면 성공은 자연스럽게 따라옵니다. 저는 즐기면서 공부를 해 왔고, 앞으로도 그럴 겁니다."

이한열이 유쾌하게 웃으며 말했다.

기어이 과거에 합격해 진사의 신분에 올라선 그는 즐기는 재미를 알았다. 어렵고 힘든 어린 시절도 분명히 있었지만 노력하고 즐기게 된 이후로 많은 성과를 봤다.

그는 최선을 다하면서 하루하루를 살았다. 그런 하루하루가 모여서 한 달이 되었고, 일 년이 됐다. 매순간 최선을 다하면서 노력했다. 그렇게 얻은 결실이 그의 자신감이 됐다.

"참으로 좋은 말씀에 절로 고개가 숙여집니다."

탁둔원이 많은 부끄러움을 느꼈다.

탁탑천의 허물은 결국 부모의 몫이다.

자식에게 재산을 물려줄 것이 아니라 기술을 알려 주라고 했다. 재산은 신외지물이지만 기술은 몸과 마음에 녹아든다.

그동안 재산을 바탕으로 편안하게 공부만 하도록 했는데 성적은 바닥을 기었다. 하지만 육체적인 수련과 일까지 하는 데도 불구하고 탁탑천의 성적은 꾸준하게 올랐다.

결국 이한열의 치열한 공부 방법이 옳다는 이야기였고, 탁둔원의 편안한 방법이 틀린 것이었다.

"탑천이는 잘못된 가치관 때문에 지금 머리 대신 손발이 고생하고 있을 뿐입니다. 억지로 하고 있는 공부를 차후에는 스스로 하도록 유도해야 합니다."

"자식 놈이 아직 철이 없습니다. 모두가 부덕한 제 탓입니다."

탁둔원의 고개가 더욱 숙여졌다.

"아닙니다. 탑천이의 공부가 조금 처지기는 하지만 그래도 순박한 면이 있습니다. 그리고 공부를 못한다고 해서 흠이 되는 것은 아니지요. 단지 아직 어릴 뿐입니다."

이한열이 말했다.

별채의 삶이 나쁘지는 않았지만 결국 남의 집이다. 그의 시중을 드는 사람들도 모두 탁둔원의 사람들이었다.

그렇다 보니 이한열은 아무래도 눈치가 보였다.

'이제 내 집을 가질 때가 되었지.'

이한열은 북경에 자신만의 집을 소유하기를 원했다.

그 집에서 먹고 자면서 책을 읽고 아름다운 여자들과 즐거운 시간을 보내기를 소원하였다. 물가와 땅값이 대륙에서 가장 비싼 북경에서 저택을 하나 가지고 있다고 하면 소위 여자들이 껌뻑 죽었다. 저택을 장만하는 일은 이한열이 잘 사는 것의 가장 모태가 되는 일인지도 몰랐다.

어느덧 이한열이 북경에 온 지도 꽤 많은 시간이 흘렀다.

그는 그 사이 아무것도 몰랐던 시골 청년에서 이제 노회한 북경의 도시남이 됐다. 하급 관리 부정자였다가 문화전대학사까지 오르는 기염을 토했다.

동기들 가운데 그 보다 높은 관직을 제수 받은 자는 한 명도 없었다.

이제 이한열은 황실에서 힘깨나 쓸 수 있는 관리가 되어 있었다. 순수하던 모습이 많이 사라지고 세상의 혼탁함에 물들어 있었다.

따사로운 햇살이 정원을 가득 채웠다.

기화이초들로 뒤덮은 정원에는 봄기운이 넘실거렸다. 푸른 나무 위에 새들이 날아와서 듣기 좋은 지저귐을 토해 냈다.

휘이잉! 휘이잉!

바람이 불 때마다 싱그러운 내음이 물씬 풍겼다.

정원의 한쪽에는 봄날을 알리는 철쭉이 흐드러지게 피어났다. 기화이초들이 저마다 싱그러움을 잔뜩 뽐냈다.

"……."

이한열이 정원에서 봄 햇살을 온몸으로 맞으면서 서 있었다.

툭!

손을 들어 눈앞의 풀잎을 건드렸다.

스윽! 스으윽!

풀잎이 흔들리면서 그 위에 맺혀 있던 이슬이 주르륵 떨어져 내렸다.

땅바닥을 향해 떨어져 내리는 한 방울의 이슬에는 햇살과 저택, 이한열 등 세상의 모든 것이 깃들어 있었다.

이한열이 이슬을 바라보면서 하나하나 확인했다.

툭!

짧은 순간 낙하한 이슬방울이 땅에 떨어지면서 산산이 부수어졌다.

"처음이 있으면 끝이 있는 법!"

강호행을 앞두고 감성적으로 변한 이한열은 요즘 들어 많은 사색을 하고 있었다. 억지로 마음을 다잡지 않고 가는 대로 자유롭게 놔두었다. 그렇다고 해서 크게 변하는 것도 없었다.

심성이나 기질이 오랜 세월 동안 한 공부로 인해 탄탄하게 잡혀져 있었다. 꼬박꼬박 책을 읽었고, 무공비급을 탐닉했고, 몸에 좋은 영약들을 챙겨서 먹었다.

그가 자금성으로 출근을 할 때가 다가왔다.

"가자!"

그가 평소처럼 저택을 나설 때였다.

저택 앞에서 탁탑천이 서서 이한열을 기다리고 있었다.

이한열이 밖으로 나오자 탁탑천은 복잡한 눈길로 바라보았다.

'원수이자 은인!'

탁탑천이 바라보는 이한열의 정체였다.

단란한 그의 시간을 산산이 깨뜨려 고행의 길을 걷게 만든 장본인이었다. 동시에 그의 성적이 위로 쭉 치고 올라가도록 만들어 준 스승이기도 했다. 이대로 계속 성장한다면 과거 급제도 꿈이 아니었다.

그는 공부하기 싫어하고 놀기 좋아하는 평범한 소년이었으나, 이한열을 만나 점점 성적이 올라가는 소년으로 탈바꿈하였다. 강압적인 수업에도 불구하고 고집을 부리거나 말썽을 피우지 않았다.

탁탑천은 한마디로 심성이 착했다. 그렇기에 이한열에게 반항하지 않고 순순히 끌려다녔다. 그 결과 눈에 총기가 돌았고, 몸이 탄탄해졌으며, 학업성적이 꾸준하게 올랐다. 시간이 갈수록 건장한 체격의 용모 단정한 사내로 변해 갔다.

탁탑천을 보면서 부모가 무척이나 흐뭇해했다. 그런 부모님을 보는 탁탑천 역시 뿌듯함을 느꼈다. 부모님에게 즐거움과 기쁨을 준다는 것이 얼마나 큰 행복인지 알게 됐다.

그래서 그가 요즘 들어서 이한열의 참견과 강압이 적어졌음에 불구하고 예전보다 더욱 구슬땀을 흘리면서 가일층 노력했다.

땀 흘려 노력하는 보상의 의미를 알게 됐다.

"무슨 일이냐?"

"조만간 어디 멀리 가시는 거죠?"

탁탑천은 이한열이 북경에서 떠난다는 사실을 알았다. 부모님과 식사를 하다가 듣게 되었는데 의외로 큰 충격을 받았다. 떠나간다고 하면 시원할 줄 알았는데, 섭섭한 느낌이 더욱 강했다.

"훗! 알고 있었느냐?"

야릇한 표정을 짓고 있는 탁탑천을 보면서 이한열이 웃었다.

북경에 올라와 거처할 곳이 마땅치 않을 때 만난 첫 번째 제자 탁탑천은 이한열에게 있어서도 무척이나 좋은 인연이었다.

경치 좋은 별채에서 맛있는 음식을 마음껏 먹으면서 즐거운 시간을 보냈다. 탁탑천을 가르치면서 점점 변해 가는 제자의 모습에 스승으로서 뿌듯함도 많이 느꼈다. 억지 공부를 시키는데도 불구하고 반듯하게 크는 제자의 모습이 대견하기도 했다.

"평소와 다르더라고요."

탁탑천이 말했다.

이한열 때문에 갖은 고생을 경험한 그는 주변의 소문을 믿지 않았다. 바로 근처에서 삐딱한 시선으로 바라보았기에 이한열의 진면목을 알 수 있었다.

청렴하지는 않고 불량스러운 면모가 있어 비리를 저지르고 여자를 탐한다는 소문에는 기가 막힐 때도 있었다. 유별나고 엉뚱한 성격을 가지고 있었지만 항상 노력하는 이한열이었다.

구슬땀을 흘리면서 노력하는 이한열은 광채를 뿜어냈다.

탁탑천은 직접 옆에서 바라보면서 눈부심을 느꼈던 적이 많았다.

스승이 노력하고 있기에 제자로서 따라가기 위해 분주하게 움직였다. 흉내 내기 버거운 부분이 많았지만 그때마다 이를 악물고 덤볐다.

"잘 컸구나. 이제 한 명의 사내라고 해도 믿겠어."

이한열이 환하게 웃으면서 발걸음을 떼었다.

그가 근래 워낙 바빠서 알아서 크도록 내버려 뒀는데 탁탑천이 어느새 소년에서 훌륭한 사내가 되어 있었다.

많은 고행과 고난을 자양분 삼아 성장했기에 벌어진 일이었다. 인생을 수동적으로 살지 않고 능동적으로 펼치기 위해 많은 훈련을 거쳤다. 고행과 고난에서 얻은 교훈이 탁탑천을 새롭게 진화시켰다.

저벅! 저벅!

이한열이 천천히 걸어갔다.

앞서서 걷는 그의 뒤를 탁탑천이 따랐다.

평소 황궁으로 가던 이한열과 달리 봉연무관으로 가야 하는 탁탑천이 함께 걸어가고 있었다. 따뜻한 햇볕을 받으면서 걷는 그들이 침묵했다.

시간이 흐른 뒤에 탁탑천이 입을 열었다.

"꼭 가셔야 하나요?"

그로서는 선뜻 입을 열어 묻기 어려운 질문이었다.

마귀처럼 생각한 이한열이 사라지면 가슴이 뻥 뚫릴 거라고 생각했다. 하지만 헤어진다고 생각하지 왠지 모를 그리움이 밀려왔다.

"바람이 불면 나무는 흔들리는 법이지."

이한열이 심정을 비유적으로 풀어냈다.

그라고 해서 북경에서 떠나는 것이 아쉽지 않은 건 아니었다.

단지……

관리이기에 주수선 군주마마의 명령에 따라 강호로 나갈 뿐이었다.

이한열이 그런 복잡한 사정까지 탁탑천에게 설명할 필요는 없었다.

"바람이 불면 나무는 흔들릴 수밖에 없겠지요."

탁탑천은 이한열과의 이별을 받아들여만 했다.

그런 탁탑천을 이한열이 그윽한 눈길로 바라보았다.

'녀석!'

북경에 와서 거처가 마땅치 않을 때 맡았던 제자 녀석이 지금 이별을 아쉬워하고 있었다.

"시간이 참으로 빠르구나."

"예."

"유수와 같다고 하더니 정말 그렇다."

"활을 떠난 화살처럼 순식간에 지나갔어요."

탁탑천이 또박또박 대답하였다.

달리기와 무관 수련 등 끝도 없이 이어지던 훈련 때문에 이한열을 원망하며 이를 바득바득 갈았다. 지옥 같은 시간을 보낸 끝에 물렁물렁하던 살들이 탄탄한 근육으로 탈바꿈했다. 가슴에는 임금 왕 자가 새겨졌다.

이한열의 눈높이 교육 때문에 단단하게 막혀 있던 그의 머리가 트였다. 지금껏 어느 누구도 해내지 못했던 일을 이한열이 성사시켰다.

그러자 훈련 때문에 관계가 시들시들해져 떠났던 여자 친구가 다시금 찾아왔다. 탄탄해진 몸을 본 여자 친구의 눈초리가 초승달을 그렸다.

하지만 이제는 탁탑천이 그녀를 걷어찼다.

스승인 이한열이 전 여자 친구에게 매몰차게 대했던 걸 그대로 답습했다.

그때의 쾌감은 십 년 묵은 체증이 내려간 것처럼 황홀했다.

열심히 심신을 단련한 보람이 있었다.

황홀한 경험에 탁탑천은 강제에 의해서가 아니라 자발적으로 더욱 열심히 땀을 흘렸다.

"그래, 그동안 고생이 많았다."

이한열이 탑탁천을 대견스럽다는 듯이 바라보았다.

울컥!

인정받았다는 생각에 탁탑천이 흔들리는 눈빛으로 이한열을 올려다보았다.

이한열이 눈가에 잔주름을 지으면서 환하게 웃고 있었다.

어리고 나약하던 탁탑천이 어느새 성장해 있었다.

몸이 탄탄해졌고, 정신은 더욱 튼튼해졌다.

효율적인 수업을 받은 탁탑천은 절대 손해를 보지 않았다. 그가 흘린 땀과 눈물은 값진 열매가 되어서 되돌아왔다.

이한열은 탁탑천이 잘 성장할 수 있도록 멍석을 깔아 줬다. 치밀하게 계산된 멍석 위에서 탁탑천이 신나게 뛰어놀았다.

'선생님이 없으면 어떻게 하지?'

탁탑천은 혼란스러웠다.

하라는 대로만 하면 고통스러웠지만 편했다.

힘든 시간을 보내고 나면 성장한 자신을 볼 수 있었다. 가장 유용한 부분을 이한열이 콕 찍어서 알려 주거나 훈련시켰다.

이한열은 탁탑천에게 어두운 길을 밝혀 준 등불이나 마찬가지였다.

"혼란스러워하지 마라. 이제 스스로 나아갈 때가 왔을 뿐이다."

"무슨 말씀인지 모르겠어요."

탑탁천이 깜짝 놀라 눈을 크게 치켜떴다.

"선택은 언제나 본인의 몫이다. 주변에서는 단지 조언만 해 줄 수 있을 뿐이지."

"하지만 선생님이 하게 만들어 주셨잖아요."

"강압에 의해서 공부를 했지만 결국 네가 스스로 선택했음이야."

이한열이 웃었다.

공부를 강제로 시키면 성적이 누구나 올라갈까?

그렇지 않다.

좋은 스승을 불러서 친절하게 알려 준다고 해도 결국 안되는 사람은 안 된다. 공부하지 않고 밑바닥에서 기는 사람들이 부지기수다.

직접 가르치는 모든 아이들의 성적을 향상시킬 수 있는 이한열의 비결은 이른바 골라서 받기였다. 가능성이 있는 아이들만 받아들여 혹독하고 체계적으로 공부시켰을 뿐이었다.

분석에 있어서 타의 추종을 불허하는 경지에 이른 이한열은 가능성이 있는 아이들만 받아들였기에 실패하지 않았다.

"의지는 현실에 그대로 적용된다. 긴가민가하지 말고 무소의 뿔처럼 나아가라."

"그러다 잘못된 길로 가면 어떻게 하나요?"

"길은 모두가 연결되어 있다. 길을 잘못 들었으면 돌아서가면 되는 법이야. 길을 잘못 걷는다고 해서 헛되이 시간을 낭비하는 것이 아니란다."

"귀중한 시간을 소모하게 되잖아요."

"훗!"

이한열이 웃었다.

한 번 지나간 시간은 결코 되돌아오지 않는다.

똑같은 시간이란 없는 법이었고, 시간은 금이라는 격언까지 있다. 그만큼 시간을 허투루 사용하지 말라는 가르침이었다.

"지금 당장은 알 수 없을 거다. 실패로 시간을 허비한다고 해도 열과 성을 다한다면 얻는 바가 있는 법이지. 실패가 모두 쓸모없는 게 아니다. 쓰라린 아픔을 경험한 자들이 더욱 하늘 높이 비상한다."

이한열의 말을 듣는 순간 탁탑천은 마음이 가벼워지는 걸 느꼈다.

점점 상쾌해져 갔다.

답답하던 가슴이 뻥 뚫리면서 뭐든지 할 수 있을 것만 같았다.

그가 스스로에 대한 마음의 길을 세울 수 있었다.

슥!

할 수 있다는 확신을 가진 순간 그가 이한열을 따라 자신도 모르게 웃었다.

"네가 가장 신경 써야 할 일은 마음이다."

"마음을 살피면서 강해지는 것이군요."

"어떡할 테냐? 앞으로도 공부를 하겠느냐?"

이한열의 물음에 탁탑천이 입을 다물고 아무 말도 하지 않앗다.

"잘 모르겠어요. 아버지께서는 과거에 합격하라고 말씀하시고, 어머니는 선생님처럼 공부를 열심히 하여 훌륭한 사람이 되라고 하세요."

탁탑천이 솔직하게 털어놓았다.

마음껏 놀면서 아름다운 여자들을 만나서 즐거운 시간을 보내고 싶었다.

"마음대로 해라."

"괜찮아요?"

"물론이다. 앞에서 공부하는 척하고 뒤에서 호박씨만 잘까도 네 부모님은 알 수 없을 거다. 물려받을 재산도 많고 뭐가 문제이겠느냐? 즐기면서 보내도 한평생 호의호식하면서 살 수 있을 거다."

"정말 그렇게 해도 되나요? 그런데 왜 선생님은 죽어라고 공부하셨어요?"

"나는 공부를 하고 싶었다. 그리고 책 속에 금은보화와 아름다운 여인이 있다는 사실을 알고 있었다."

"책에 금은보화와 아름다운 여인이 있어요?"

"네가 여자라고 생각해 봐라. 돈 많은 남자가 좋겠느냐? 돈 많고 과거에 합격한 남자가 좋겠느냐?"

"당연히 후자이지요."

"책은 읽으면 읽을수록 그 뜻이 더욱 깊고 오묘해진다. 같은 글귀라고 해도 매번 그 뜻이 달라지는 법이지. 글귀 안에서 지식의 금은보화를 캐내는 것과 똑같다. 그러면서 점점 여자들에 대해 영향을 미치는 것이다."

"공부를 하라는 말씀인가요?"

탁탑천이 눈을 가늘게 떴다.

말만 약간 다를 뿐이지 결국 공부하라는 말과 똑같았다.

하지만 이한열의 방식은 달랐다.

"공부하면서 여자들을 만나고 즐겨! 왜 한 가지만 해야 한다고 생각하느냐? 다다익선! 공부와 여자 모두 많이 즐기면 즐길수록 좋은 법이다."

다다익선은 이럴 때 사용하는 것이 아니었다.

하지만 이한열이 다다익선을 들먹거리자 묘한 호소력이 넘쳐 났다.

쿠쿠쿵!

콰콰콰쾅!

탁탑천의 머리에 뇌성벽력이 일어났다.

그는 지금껏 공부면 공부, 여자면 여자!

한 가지만 생각했다.

동시에 두 가지 모두를 다 할 수도 있는 일이었다.

공부하면서 육체 단련까지 하지 않았던가!

공부와 여자를 동시에 섭렵하는 일이 고통스럽게 육체를 단련하던 것보다 어렵지는 않을 것이다.

"욕망을 채우며 진심으로 공부해라! 그러면 시간이 지날수록 만나는 여자들이 바뀔 것이다. 유유상종이라고 했다. 네가 삼류면 삼류의 여자들을 만날 것이고, 일류면 일류의 여자들이 다가올 것이다."

이한열이 조언했다.

그는 탁탑천이 더 공부하는 것이 좋다고 판단했다.

물론 어린 나이였기에 잡생각인 여자들이 생각나기도 하겠지만 그건 해결법이 참으로 간단했다. 술과 고기, 여자를 고승처럼 멀리하지 말고 마음껏 먹고 마시고 즐기면 된다.

물론 잘못된 길로 갈 수도 있겠지만 이제 길을 헤맬 정도로 어린 탁탑천이 아니었다. 진심으로 갈구한다면 향락을 즐기면서 공부하는 것이 가능했다.

욕망은 효율적으로 이용하는 방법에 따라 훌륭한 사람이 될 수도 있었다.

욕망이 무조건 나쁜 건 아니었다.

이한열은 탐욕어린 욕망을 시기적절하게 사용하면서 더욱 앞으로 치고 내달렸다. 탐욕과 욕망은 이한열에게 강한 힘을 실어 줬다.

"공부를 열심히 할게요."

탁탑천이 강한 의지를 내비쳤다.

공부하는 게 마뜩치 않지만 그것보다 못생긴 여자를 만나는 건 더 싫었다.

"잘 생각했다. 부모님들이 크게 기뻐하실 게다. 그리고 네가 하는 노력에 따라 아름다운 여인들이 기다리고 있을 것이야!"

이한열이 입가에 환한 웃음을 지으며 탁탑천의 결정을 환영했다.

"열심히 공부해서 제 마음에 쏙 드는 미녀를 만날 거예요."

탁탑천이 주먹을 불끈 쥐었다.

"장하다."

이한열이 감탄했다.

아이들이 공부에 흥미를 느낄 수 있도록 잘 유도하는 것이 바로 선생님의 주된 역할 가운데 하나였다. 이한열이 참으로 훌륭하게 자신의 몫을 해낸 것이었다.

그런데 참으로 세속적인 사탕발림으로 탁탑천을 공부하도록 꾀었다.

'웃기지 마라! 열심히 공부하는 이유는 결국 잘 먹고 잘 살자고 하는 것이다. 나라를 위하든 아니면 자신을 위하든지 약간의 차이만 있을 뿐이야.'

하늘을 우러러 한 점 부끄러움이 없는 그는 아무런 죄책감을 가지고 있지 않았다.

그 사부에 그 제자였다.

참으로 잘 어울리는 사제지간이다.

*　　　*　　　*

전망 좋은 집무실에서 황실 풍경을 내려다보면서 이한열은
신승우와 점심을 먹고 있었다. 숙수가 신경을 써서 내놓은 요
리들은 하나같이 산해진미들이었다. 하늘로 높이 솟구친 고
상하고 화려한 건물들과 시원스럽게 뻗은 벽들과 도로들이
펼쳐져 있었다.

"일은 좀 어떤가?"

이한열이 싱그럽게 웃으며 말했다.

문화전대학사로서 관록이 붙은 그에게서는 자연스러운 기
운이 맴돌았다. 사람이 자리를 만든다고, 이한열에게서 대인
의 기운이 흘렀다.

편안한 가운데 은은히 짓누르는 기운이라고 할까?

상쾌한 기운이 흐리고 있는 실내에 이한열의 존재감이 뚜
렷했다.

"덕분에 잘 지내고 있습니다."

신승우가 존댓말로 대답했다.

한때는 같은 위치의 친구였지만 이제는 상관과 부하로 신분이 나뉘어졌다.

"어허! 친구끼리 편하게 말해도 된다니까."

"그런 말씀하시지 마십시오. 사석일수록 철저하게 예의범절을 지켜야 하는 법입니다. 대인께 제가 말을 놓는 일은 앞으로도 없을 겁니다."

"친구를 잃어버리다니 아쉽군."

"부족하지만 대인의 사람으로 남겠습니다."

신승우가 고개를 조아렸다.

이한열과 그와의 인연은 사실 언제 끊어져도 이상하지 않을 정도로 얇았다. 실상 이한열이 외면한다고 해도 신승우는 아무런 짓도 할 수 없었다. 혹 불평불만을 터트렸다가는 삭탈관직을 당할 수도 있었다.

'외면하지 않고 챙겨 준 것만 해도 다행이지.'

신승우는 이한열과 했던 과거의 거래에 대해서 생각하며 속으로 가슴을 쓸어내렸다. 만약 그때 약초 지원을 거절했다면 오늘의 행복도 없었다.

거래……

이한열과 치른 거래로 관리 생활에 희망의 햇살이 강렬하게 비쳤다.

황자지란에서 능력을 선보인 이한열이 문화전대학사로 영

전하고 난 뒤, 얼마 뒤 신승우 역시 종칠품에서 정칠품으로 올라섰다.

별다른 능력이나 성과 없이 승진을 한 배경에는 문화전대 학사인 이한열의 입김이 있었다. 의술을 배울 수 있게 제중원에 보내 줬던 은혜를 이한열이 몇 배로 갚아 줬다.

승진을 하고 난 뒤로 그는 이한열의 사람으로 분류됐다.

이한열이 배경으로 있다고 소문나자 아름다운 외모의 여인들이 줄줄이 만남을 청했고, 고관대작들도 은근슬쩍 여식을 선보였다.

결국 그는 고관대작 가운데 한 명의 아름다운 여식과 만남을 이어 오고 있었다. 분홍빛 아름다운 만남을 하고 있는데, 결혼까지 염두에 뒀다.

모두 이한열과의 인연으로 발생한 일이었다.

"지금 일하는 곳의 사람들은 괜찮은가?"

"상관과 부하들이 성심성의껏 도와주고 있습니다."

위생국 종칠품의 관리직에서 일하던 그는 병부상서 밑으로 자리를 옮겼다. 군사 업무를 총괄하는 병부의 관리들은 전도가 유망했다. 하나같이 능력이 있거나 뒷배경이 대단한 관리들이었다.

신승우는 능력이 아닌 배경으로 병부로 옮겨 갔다.

굴러 온 돌 신승우에게 눈치를 주거나 불만을 토로하는 관리들이 있을 수도 있었다. 그러나 뒤에서는 호박씨를 깔지도 모르겠지만 앞에서는 모든 관리들이 호감 어린 눈초리를 보내고, 못 도와줘서 안달이었다.

실세로 급부상한 이한열의 눈치를 보는 것이었다.

"한 일 년 정도 병부에서 열심히 일하면 좋은 결과가 있을 거야. 그러니까 병부가 어떻게 돌아가는지 잘 파악해 봐."

"궂은일부터 모든 일들을 처리하려고 노력 중입니다."

열심히 땀 흘려 노력하면 알아서 승진을 시켜 준다는 말에 신승우가 진지하게 대답했다.

비록 대놓고 이한열이 약속하지 않았지만 척하면 착이었다. 정확한 시기를 제시했다는 자체만으로도 신빙성이 넘쳐났다.

'과거에 급제한 신승우야. 병부에 있는 다른 관리들에 비해 능력이 떨어지는 편이지만 기본적인 능력은 가지고 있는 셈이지.'

이한열이 신승우를 의도적으로 밀어 주고 있었다.

'적당하게 세상과 타협하면서 살아가고, 눈치가 빠른 게 쓸모가 많은 편이야. 잘 키워 주면 잡다한 일들을 해결할 수 있겠지.'

신승우에게 호감을 가지고 있는 이한열은 입 밖으로 내뱉은 말을 지킬 정도의 힘이 있었다.

그는 이미 상당한 아군을 확보한 상태였다.

단순히 주수선 군주마마의 그늘에 있는 것이 아니었다.

황실과 관계에서 아군을 대량으로 확보할 수 있었던 건 바로 학연이었다. 남산서원을 인수한 것이 신의 한 수로 작용했다.

사람에게 가장 크게 작용하는 인맥은 혈연, 지연, 학연이었다. 황실과 조정에서 셋 중 가장 큰 힘을 발휘하는 것이 바로 학연이었다.

남산서원의 학자나 과거 급제한 진사들이 이한열에게 힘을 실어 줬다. 그리고 남산서원에서 수업을 듣는 자식들의 부모들이 이한열 말이라면 껌뻑 죽었다.

남산서원이란 학연을 토대로 가진 사람들이 이한열을 중심으로 똘똘 뭉쳤다. 단순한 인간관계만 유지하는 것이 아닌 서로 이익이 될 수 있도록 좋게 이끌어 줬다.

이러한 모임 세력을 맹방이라고 했다.

황실과 조정에서는 맹방과 같이 자신들만의 이익을 도모하는 사사로운 모임을 원칙적으로는 금하고 있었다. 하지만 이런 맹방이 북경에만도 적지 않게 존재했다. 다만 그 모임의 이름은 학술 모임 등으로 포장할 뿐이었다.

한마디로 눈 가리고 아웅 하는 셈이었다.

이한열 역시 남산서원 학술심화연구모임이란 간판을 내걸

고 있었다.

실제로 훌륭한 서책이나 새롭게 나온 서적을 두고 한 달에
한 번씩 정기적으로 학술에 대해 심층 토론을 하기도 했다.
명쾌하고 좋은 심층 토론들은 책으로 출간하여 사람들에게
선보였다. 좋은 소문이 나면서 남산서원 학술심화연구모임에
참여하려고 하는 사람들이 점점 늘어나고 있는 추세였다.

"남산서원 학술심화연구모임에 들어가면 출세는 보장된다."

"남산서원 학술심화연구모임에 들어가고 싶어요. 어떻게 해야
하나요?"

"남산서원 학술심화연구모임의 수장이 실세인 이한열이다. 다른
무슨 설명이 필요한가? 닥치고 가입하면 된다."

이한열은 남산서원 학술심화연구모임에 참석하려고 하는
자들을 아무나 받지 않았다. 될성부른 학자나 관리들을 시험
을 통해 받아들였다. 높은 위치에 있거나 재산이 많은 상인들
은 특별 회원으로 받아들이기도 했다.

남산서원 학술심화연구모임의 사람들이 점점 많아지고 있
었다. 심지어 돈까지 싸들고 와서 가입하겠다는 사람들까지

있었다. 남산서원 관계자들에게 온갖 선물을 보내는 사람들
도 많았다.

사람들의 숫자가 곧 힘이었다.

힘이 강한 맹방은 별 볼 일 없는 관리도 소위 물 좋은 곳에
꽂아 줄 수 있었다.

'심한 비리는 좋지 않아. 신승우처럼 능력이 약간 떨어지지
만 우직하고 열심히 하는 사람들을 밀어 줘야 해. 적당하게
세상과 타협하며 지내는 자들을 지원하니까 황실과 조정에도
손해가 아니야.'

중용을 나름 챙기는 이한열이 속으로 자기변명을 했다.

황실과 조정에 도움이 되는 사람들을 꾸준하게 천거하여
등용시키면 많은 힘이 된다. 그에 따라 더욱 힘이 커지는 선
순환의 수레바퀴가 굴러간다.

"조만간 강호행을 떠나게 돼."

"들어서 알고 있습니다."

"그렇게 되면 자네가 북경의 내 눈과 귀가 되어 줘야겠어.
무슨 말인지 알겠지?"

"사소한 일이라도 챙겨서 보고하겠습니다."

"천태웅 의형님에게도 따로 부탁해 놓았으니 자네가 할 수
있는 범위에서 소식을 알려 주면 돼."

"최대한 노력하겠습니다."

신승우가 최선을 다하겠다는 결의에 찬 눈빛을 내비쳤다.

이제 특별히 만나기도 힘든 이한열이 점심 식사 시간에 초대한 것이 바로 지금의 부탁, 아니 명령을 하기 위함임을 그가 잘 알았다. 윗사람인 이한열의 지시에 최선을 다하는 모습을 보여 줘야 했다.

신승우의 출세는 오로지 이한열에게 달려 있었다. 만약 이한열이 낙향한다면 그 순간 신승우의 관리 생활에 먹구름이 끼었다. 이한열을 위해서 그리고 스스로를 위해서도 총력을 기울여야 했다.

"노력을 하면 돼."

"결과로 말씀드리겠습니다."

"나중에 기회가 되면 좋은 데 가자고! 요즘 들어 물 좋은 곳에서 재미를 못 보니 곰팡이가 피어나는 느낌이야."

"물 좋은 곳이라면?"

"아름다운 기녀들과 마음껏 정신적으로 놀 수 있는 곳이라네. 정신이 확 풀리면 육체적으로도 편안하게 즐길 수 있고 말이야."

"아! 저는 결혼을 생각하고 있는 여자가 있습니다만……."

"아직 결혼하지 않았으니까 괜찮아. 남자라면 모름지기 풍류를 즐길 줄 알아야지."

신승우가 기루에 가지 않겠다고 은근히 거절했지만 이한열이 단숨에 잘랐다.

"그래도……."

"자네는 몸만 오면 돼. 내가 근사한 곳에서 제대로 쏘겠네."

"여인의 아버지가 고관대작이라 문제가 될 수도 있습니다."

"자네는 너무 걱정이 많아서 탈이야. 고관대작은 여자 안 만난다고 그래? 자네가 만나는 딸의 아버지 부인이 첩까지 하면 서른 명이 넘더군. 즐기지 않으면 자신만 손해라고. 아름다운 미녀들이 널렸는데 한 여자에게만 꽂히지 마."

이한열이 말도 안 되는 자신의 가치관을 전파했다.

조강지처만을 배필로 맞이하려고 하는 신승우는 다다익선을 선호하는 이한열과 가치관이 완전히 달랐다. 다른 건 몰라도 이 부분에서는 쉽게 받아들이기가 힘들었다.

"오늘 청혼을 하고 바로 결혼 날짜를 잡을 생각입니다."

이상한 가치관에 휩쓸리지 않기 위해 신승우가 곧바로 결심했다. 원래대로라면 조금 더 연애를 즐길 생각이었지만 이렇게 돼 버렸으니 퇴청 후에 곧바로 마음에 든 여인에게 청혼할 작정이었다.

이한열은 졸지에 월하노인이 되어 버렸다.

"아쉽군."

"신경 써 주셔서 감사합니다."

"괜찮아. 퇴짜 받으면 화끈한 곳에서 신나게 달려 보자고!"

이한열의 말에 신승우의 얼굴이 찌푸려졌다. 표 나지 않게 하려고 했지만 면전에서 연애 사업에 퇴짜를 거론하니 심기가 불편할 수밖에 없었다.

억울하면 출세해야 했다.

이해하기 어려울 지도 모르겠지만 이한열은 잘 먹고 잘 살고 재미있게 즐기기 위해서 성공했다. 본능에 충실하였기에 일견 쾌락만을 추구하는 사람처럼 보이기도 하였다.

하지만 즐거움을 누리기 위해 무수히 흘린 이한열의 노력을 안다면 결코 함부로 말할 수 없다. 즐기는 법은 옳고 그른 것이 아니라 사람에 따라 다를 뿐이었다.

"신입 관리가 자리를 오래 비우면 눈총을 받을 수도 있으니 그만 돌아가 보게."

병부의 신입 관리들은 점심시간에도 자리를 비울 수 없었다. 언제 어떤 일이 터질지 몰라 소수의 인원이라도 항상 대기하고 있어야 했다. 문제가 발생하면 즉시 상부에 보고를 해야하는 것이었다.

평소 신승우도 점심시간에 비상대기를 하고 있었다.

그런 신승우가 빠져나올 수 있었던 건 이한열과의 만남 때문이었다. 이한열과 점심을 해야 한다고 하자, 점심 식사 시간의 비상대기가 곧바로 풀렸다.

"들어가겠습니다. 대인의 강호행에 무한한 영광이 함께하기를 바랍니다."

자리에서 일어난 신승우가 허리를 구십 도로 굽히면서 정중하게 인사했다.

인사 하나에도 공경한다는 마음이 잘 드러났다.

'위로 올라서기 위해 적극적으로 달려드는 사람이다. 무공을 배우고 황자지란에서는 목숨까지 걸었어. 비록 약간의 탐욕이 있지만 배울 바가 많은 위인이지.'

신승우가 진심으로 성공한 이한열을 존경했다. 할 수만 있다면 뒤를 따라서 쭉 따라갈 작정이었다. 그래서 의욕적으로 함께 동참하고 있었다.

똑같이 아랫바닥에서 시작했지만 진취적으로 노력한 이한열은 감히 바라보기 힘들 정도로 높은 위치에 서 있었다.

"고맙네."

이한열이 웃으면서 신승우를 배웅해 줬다.

第三章
배교지존록

이한열은 문화전대학사 집무실에 있는 시간을 점차 줄여 나갔다. 문화전대학사로서 해야 하는 일은 휘하의 부하들에게 모두 맡겨 놓았다. 그리고 주수선 군주마마에게 허락을 구해 황궁 서고와 황궁 무고, 황궁 비고들을 분주하게 방문했다.

황궁 무고에서 찾아낸 무공들을 머릿속에 집어넣었고 필요한 것들은 연성함과 동시에 기연을 찾기 위해 구슬땀을 흘렸다. 황궁의 창고에 있는 것들은 하나같이 값진 보물들로 이름 높은 위인들이 오랜 시간 갈고 닦은 산물들이었다. 보물들에 담겨져 있는 지식과 지혜를 조금이나마 머릿속에 집어넣을 수 있다면 커다란 득이 됐다.

기연을 획득하려고 하는 이한열의 노력은 결코 헛된 것이 아니었다.

그가 가장 중점적으로 찾는 건 황실 곳곳에 남아 있는 임학후와 천하제일석공 도장석의 흔적들이었다. 두 사람이 남긴 유물들이 커다란 공부가 됐기에 마음의 스승으로 여기기까지 했다. 다음으로 눈에 불을 켜고 찾은 건 배교의 물건들이었다.

배교의 정수로 탄생한 마병 천인혈골과 혈혼피는 이한열에게 실질적으로 강력한 힘과 금강불괴의 피부를 만들어 줬다. 신묘한 위력을 발휘하는 외가비망은 참으로 대단했다.

이한열은 배교와 떼려고 해도 뗄 수 없는 관계였다.

양의심공을 익히고 있는 이한열이 균형과 조화에 힘쓰면서 기연을 최적으로 만들려고 추진 중이었다. 보물들로 넘쳐나는 황궁의 서고, 무고, 비고들을 섭렵하고 있기에 의도대로 기연을 골라서 획득할 수 있었다.

"무형오신지라! 익혀 두면 유익하겠어."

이한열이 오랜 세월 방치된 듯 고풍스러워 보이는 무공 비급을 통째 외우기 시작했다. 펼칠 때마다 쥐 소리가 나는 무형의 지공으로, 일각에서는 서음무형지라고 놀림을 받기도 했다.

황궁무고에서 무공 비급들을 살피고 있던 이한열은 이상한 문자로 적힌 책을 손에 잡았다.

"세상의 모든 문자를 안다고 할 수는 없지만 대부분은 안다고 자부할 수 있는데 이건 어디서 사용되었는지 도통 모르겠군."

원활하게 읽고 쓸 줄 모르지만 갑골문도 보는 순간 고대의 상형문자라는 건 알았다. 그런데 금방이라도 바스러질 것처럼 오랜 세월을 품은 서책에 쓰인 글씨는 너무나도 생소했다.

그런데 이한열은 그런 생소한 문자에서 눈을 뗄 수가 없었다. 참으로 신기한 느낌이었는데, 마음이 시키는 것처럼 느껴졌다.

"읽을 수가 없는데 눈이 떨어지지 않네."

이한열이 어처구니없는 표정을 지었다.

글은 유희와 장난이 아니다. 문자로 기록하여 후대의 사람들에게 읽을 수 있게 만들어 준다. 후손들은 선조들의 기록을 보면서 익히고 배울 바를 찾는다.

사람들에게서 잊힌 문자는 그저 그림에 불과할 지도 몰랐다.

"불가해의 책은 손에서 놓아야겠지……."

그가 눈에서 떨어지지 않으려고 하는 책을 억지로 덮으면서 서가에 꽂으려고 했다.

그때였다.

스으으! 스으으으!

이한열의 눈에 붉은 기운이 어리기 시작했다. 흰 눈자위와 선명한 검은 눈동자 모두 시뻘겋게 바뀌어 갔다. 완전히 새빨개진 눈으로 변하는 건 순식간이었다.

배교지존록

책의 제목이 머릿속에 그대로 전달됐다.

"헉! 배교지존록이라고? 알지 못하는 문자가 어떻게 해독된 거지?"

이한열이 갑작스러운 변화에 경악했다.

우우우웅! 우우우웅!

카우우우! 카우우우!

천인혈골과 혈혼피가 울부짖고 있었다. 뇌의 기능을 하고 있는 천인혈골이 먼저 울기 시작하자, 혈혼피 역시 따라서 울부짖었다. 공명하고 있는 두 마병들 사이로 근육과 오장육부, 뼈에 어려 있는 외가비망의 원초적인 힘들까지 함께 떨었다.

"배교지존록을 보고 배교의 마병과 무공이 난리를 치는 것이구나. 그렇다면 지금 내 눈의 변화가 이것과 연관이 있다는 소리인데…….."

이한열은 새롭게 일어나고 있는 심상치 않은 변화에 주목했다. 그냥 모르는 상태에서 무방비로 당하고 싶지는 않았다. 하지만 아는 바가 적으니 어떻게 해야 할지 난감했다.

"이럴 때는 닥치고 행동하는 것이 최고지. 모르는 글자를 읽을 수 있게 되었으니 학자로서 최고의 은혜로움을 입은 것이나 마찬가지이다."

이한열이 좋은 쪽으로 생각했다.

알지 못하는 서책의 글자를 읽을 수 있었는데, 지금 쓰라고 하면 쓸 수도 있다는 생각이 들었다. 그건 그냥 느낌이 아닌 확고한 사념이었다.

사실 생소한 문자와 언어를 읽고 쓰려면 많은 시간과 노력이 요구된다. 그런 과정이 생략될 수 있다면 참으로 큰 이득을 보는 것이다.

삼대 배교교주 혈선이 남긴다. 마음으로 전해지는 배교만의 문자인 혜심배문을 읽을 수 있는 그대는 노부의 후손일 것이다.

갑작스럽게 자리를 뜬 노부로 인해 배교의 많은 주술과 무공을 비롯한 비전의 술법들이 사라졌을 걸 생각하니 참으로 안타깝다.

노부는 비급이 아닌 마음에서 마음으로 전해야 만
하는 배교의 가르침을 차기 교주에게 전해 주지 못한
천고의 죄인이다.

가장 중요한 비전을 전수받지 못한 차기 교주는 본
래 가져야 할 힘의 삼분의 일도 발휘하지 못한다.

오호!

통재라!

생각만 해도 원통해서 눈을 감을 수가 없다.

천고의 죄인인 노부는 저승에 계신 선대 교주들을
감히 뵐 면목이 없다. 노부로 인해 몰락의 길을 걸어가
야 할 배교를 생각하니 피눈물이 흐른다.

"헉! 삼대교주 혈선이라고? 그렇다면 대체 언제 시절 이야
기인 것이지?"

이한열은 배교 연혁이 기록된 서적을 읽었던 적이 있었다.
그렇기에 혈선이 강호에서 활동한 시기를 떠올릴 수 있었다.

배교 연혁에 기록되어 있는 혈선은 배교의 역사상 최고의
천재로 손꼽혔다. 배교를 최고의 부흥으로 이끌어 낸 수장이
었던 그는, 어느 날 하루아침에 사라졌다. 배교의 수많은 교
도들이 혈선을 찾기 위해 노력했지만 끝내 찾아내지 못했다.

교주가 사라지면서 배교에 어둠의 그림자가 드리워졌다.

혈선의 제자였던 후계자가 사대 교주로 취임했지만 반쪽짜리에 불과했다. 교주가 교의 양팔인 암흑좌사와 광명좌사보다 약하였다. 암흑좌사와 광명좌사가 목소리를 높이면서 분열이 시작되었고, 결국 내전으로까지 발전했다.

약해진 배교를 혈마교가 곧바로 공격하여 멸문시켜 버렸다.

배교의 몰락에는 바로 고금제일마 혈마가 있었다.

"팔백 년이 넘었잖아."

이한열이 경기를 일으킬 정도로 놀랐다.

혈선이 활동하던 시기는 까마득히 먼 과거의 이야기였다. 오랜 세월 단절되었던 시간이 이한열의 손에서 다시금 이어졌다.

노부는 당시 천하제일마인 혈마를 만났다. 배교의 비전을 펼치면서 싸웠지만 안타깝게도 패배했다. 혈마는 승리의 대가로 노부를 혈마성에 가뒀다. 비록 패배했지만 천 초가 넘게 싸운 노부를 혈마가 인정하고 있었다. 자랑은 아니지만 혈마와 붙어 천 초를 넘기는 무인은 노부가 유일했다. 하지만 패배는 패배일 뿐 변명의 여지가 없다.

"헉! 고금제일마 혈마와 싸웠다고?"

이한열의 시뻘건 눈이 찢어질 듯이 부릅떠졌다.

강호에서 가장 유명하면서 무서운 사람이 바로 혈마였다.

고금제일인 혈마!

중원무림과 새외 무림을 초토화시킨 마인!

시체로 산을 쌓고 피로 강을 만든 그의 압도적인 무력 앞에 중원과 새외의 모든 무인들이 무릎을 꿇었다. 팔백 년이 넘도록 살아가는 혈마의 시신을 봤다는 이야기는 아직까지 들려오지 않았다. 언제 또다시 혈마가 중원무림에 방문할지 몰랐다.

두 번째 싸웠을 때는 오백 초에 패했고, 세 번째는 간신히 백 초를 넘겼을 뿐이다. 네 번째 붙었을 때는 단 삼 초 만에 하반신이 잘려나갔다. 일 초식으로도 끝낼 수도 있었던 혈마는 더 이상 노부를 찾지 않았다. 싸우면 싸울수록 진화하는 혈마는 상식으로는 이해할 수 없는 괴물이었다.

"신화와 전설처럼 전해지는 혈마가 괴물이었다고 하더니 정말 소문대로구나."

도장석의 정신적 스승인 임학후가 혈마와 만나 가르침을

받았다는 이야기는 무척이나 유명했다. 그리고 자신을 만족시키는 무인이 없을 경우 무림을 지워 버리겠다는 선언은 지금까지 회자됐다.

"혈마라면 강호일통도 꿈이 아닐 텐데……."

이한열이 혈마의 강함을 동경했다.

일인으로 강호 전체를 상대한다는 건 감히 상상하기 힘들었다. 아니, 혈마 외에는 어느 누구도 해낼 수가 없는 일이었다.

진화하는 괴물인 혈마였기에 가능했다.

"내가 혈마의 위치에 설 수는 없겠지. 강호행을 하는 시기에 혈마가 돌아오지 않기를 간절하게 바랄 뿐이야."

이한열이 높은 곳을 바라보고는 있지만 고금제일인인 혈마를 끄집어낼 거라는 생각을 하지는 않았다. 이한열은 주제와 분수에 있어 나름 철저한 잣대를 가지고 있었다.

　　노력과 재능이 부족한 노부가 약한 것일 뿐 배교가
　패배한 것은 아니다. 배교의 힘은 모일수록 더욱 강해
　지고, 만반의 준비가 되었을 때 최고의 위력을 발휘한
　다. 배교의 힘을 모두 준비한다면 혈마라고 해도 감히
　상대할 수 없을 것이다.

배교에 대한 혈선의 자부심은 하늘을 찌를 듯 대단했다.

혈선은 피 흘리면서 싸우는 무인이 아닌 주술가의 면이 강했다. 철저하게 미리 준비가 되어 있다면 혈마와 만 초를 넘게 싸울 자신이 있었다.

"배교는 망한 지 옛날입니다. 교도들을 동원해서 혈마와 싸울 길은 사라졌어요."

이한열이 안타까워했다.

배교의 힘을 일부 물려받은 그였기에 배교가 지금까지 남아서 커다란 힘을 발휘했으면 하는 바람이 약간이나마 있었다.

그렇지만 그건 부푼 꿈에 불과했다.

헛된 꿈을 꾸지 않는 현실적인 이한열이 아쉬움을 냉큼 집어던졌다.

남아 있는 모든 힘을 모아 책에 담았다.

책을 모두 읽고 나면 배교의 비전을 비롯하여 노부의 힘을 일부 물려받을 수 있으리라!

부디 이 글이 배교의 후손에게 전해지기를 구천에서도 간절히 원한다.

후손이여!

배교의 힘을 만방에 떨쳐라!

　그리고 마지막으로 혈마에게 배교의 위대한 힘을 보여 줬으면 한다.

　혈선의 힘과 배교의 비전을 얻을 수 있다는 사실에 이한열이 크게 반색했다. 하지만 강제된 의무는 받기 싫다는 걸 분명히 하였다.

　"힘은 감사히 받겠습니다. 하지만 고금제일마 혈마와는 제가 우위에 선 다음에 싸우겠습니다."

　말은 싸우겠다고 하지만 그것이 실현 가능성이 없다는 것은 이한열이 가장 잘 알았다. 그저 겉으로만 너스레를 떨 뿐이었다.

　고금제일마 혈마는 세상의 모든 무인들과 문파, 가문들을 무너뜨리면서 자신의 위치가 압도적으로 높다는 걸 증명했다. 지금의 이한열이 혈선의 힘을 얻는다고 해도 혈마를 만나면 패배가 확정이었다.

　두근! 두근!

　새로운 힘을 얻게 된다는 사실에 이한열의 가슴이 요란하게 뛰었다.

　탁!

　이한열이 책을 덮었다.

"고금제일마 혈마와 한때나마 대등하게 싸웠던 힘을 주소서!"

강호를 지배하던 배교의 비전과 유산까지 함께 얻는 기연이었다.

혹시 아는가?

비전과 유산을 이용하여 배교를 다시 부활시킬 수도 있을지 몰랐다. 배교의 교주로 취임을 하는 것이 아예 불가능하지는 않았다. 배교가 다시 부활하면 주술과 환술 부분에서는 최고를 다툴 수 있었다. 아직까지도 배교의 주술과 환술은 최강의 위치에 서 있었다.

우우우웅! 우우우웅!

울부짖고 있는 천인혈골에서 흘러나오고 있는 마기와 혈혼피에 피처럼 뿜어져 나오는 붉은 기운이 책으로 스며들었다.

배교의 힘이 농축된 유물들이 서로에게 힘을 전해 주면서 기운을 증폭시켰다.

파아앗! 파아앗!

책에서 선홍빛 붉은 안개가 스멀스멀 피어났다. 처음에는 희미하던 것들이 마치 피를 뚝뚝 떨어뜨릴 것처럼 진해졌다.

부들! 부들!

붉은 안개, 혈운 속에 갇힌 이한열의 몸이 흔들렸다.

"배교의 힘이여! 오라! 네 힘은 내가 이어받는 것이 맞다."

신물인 천인혈골을 가지고 있는 이한열이야말로 배교의 진정한 교주라고 할 수 있었다. 그렇기에 혈선이 남긴 배교지존록이 이한열을 인정했다. 여러 가지 우연들이 겹쳐서 이한열이 혈선의 안배를 얻게 됐다.

슥!

이한열이 몸을 오롯이 세웠다.

팔만사천모공을 활짝 열고, 칠공까지 모두 완전히 개방했다. 열린 구멍을 통해 붉은 기운들이 스며들어 왔다.

"시원하다. 청량해!"

붉은 안개가 들어올 때마다 모공 하나하나가 기뻐서 전율을 일으켰다. 모공 밖으로 흘러나오는 검은 물에서는 썩은 냄새가 진동했다.

주르륵! 주르륵!

몸에 축적되어 있던 노폐물들이 지금 밖으로 녹아서 빠져나오는 중이었다. 혈선이 생명까지 태워 가면서 만든 기운이 이한열을 벌모세수시켰다.

이한열이 태어났을 때의 깨끗하고 순수한 몸으로 돌아가고 있었다.

콰아아! 콰아아아!

혈선의 기운이 물밀듯이 밀려들어 왔다. 전신으로 퍼져 나가는 기운들이 단전으로 흘러갔고, 일부는 사지와 오장육부 등 원하는 곳에 머물렀다.

단전의 진기들과 혈선의 기운이 하나로 용해되어 갔다. 외부에서 들어온 기운이지만 너무나도 순수해서 단전의 기운과 하나로 되는 데 하등의 지장이 없었다.

이한열의 단전에 있는 기운들은 선천진기와 후천진기가 공존하고 있었다. 순수한 선천진기와 달리 후천진기는 다소 탁했지만 깨끗하고 맑은 편이었다. 그런 후천진기들이 혈선의 기운에 휘말리면서 하나로 용해되어 갔다.

우우우웅! 우우우웅!

새롭게 유입되고 있는 혈선의 기운을 접한 천인혈골에서 더욱 강력한 힘이 뿜어져 나왔다. 그것들은 마의 기운이었지만 혈선의 기운을 접하면서 순수하게 세탁되었다. 교주의 위치에 오롯이 섰던 혈선의 앞에서 천인혈골이 저절로 고개를 숙인 것이다.

주인을 해치는 병기는 의미가 없는 법!

천인혈골이 이한열을 진정한 주인으로 받들었다.

뇌인 천인혈골이 인정하자, 혈혼피는 자연스럽게 뒤따랐다. 두 마병들이 굴복하면서 이한열에게 벌어졌던 마의 문제가 서서히 퇴색되어 갔다.

'주인을 섬기는 마병들이라! 앞으로 잘 사용해 주마.'

거칠게 반항하던 마병들이 말 잘 듣는 아이들이 되었다.

이한열이 몸에서 벌어지는 과정을 관조하며 자세하게 살폈다.

휘이잉! 휘이이이!

청명한 기운이 이한열의 전신을 에일 듯이 밀려왔다. 붉은 안개는 끊이지 않고 마치 바람처럼 휘몰아쳤다.

이한열이 새빨간 눈으로 시뻘건 안개를 바라보았다.

하늘과 땅이 온통 붉었다.

그 안에서 지극한 극락을 경험하고 있었다.

스으으! 스으으!

이한열의 발이 바닥에서 떠올랐다.

오연하게 허리를 펴고 허공으로 부상하고 있는 이한열의 눈썹과 머리카락이 붉게 물들어 가고, 기운들을 받아들이는 과정에서 부공삼매가 자연스럽게 일어났다. 그 붉은 색은 맑으면서도 마치 햇볕처럼 반짝반짝 빛났다.

건장한 청년이었던 이한열은 거인이었던 혈선의 어깨에 올라타 있었다. 약한 자들을 가뿐하게 짓밟을 수 있는 거인의 경지를 느꼈다.

그 경지는 오랜 시간과 노력, 인내를 거치지 않고 얻은 달콤한 열매였다. 혈선이 주는 기연은 황홀하면서 달콤했다.

'아!'

이한열이 황홀의 탄성을 터트렸다.

그의 정신은 지금 지속적으로 전해지는 극한의 즐거움에 푹 젖어 있었다. 온몸으로 들어오는 붉은 기운과 함께 머릿속으로 셀 수 없이 많은 구결들이 밀려들었다. 머리가 터질 정도로 방대한 양은 이한열의 정신을 피폐하게 만들 정도였다.

씨익!

이한열이 즐겁게 웃었다.

그의 가장 큰 장점은 공부를 즐긴다는 점이었다.

진사인 그는 공부할 거리가 많으면 오히려 힘을 팍팍 냈다. 새롭게 배울 수 있는 과제를 받자 절로 신바람이 났다.

배교의 비전이 이한열의 공부에 대한 열정을 일깨웠다.

스으으! 스으으!

스르르! 스르르!

비전의 구결들이 뇌리와 마음에 녹아들었다. 처음에는 구결들이 희미하여 이해하는 바가 미숙하였는데 점점 더 뚜렷해졌다. 의미를 알 수 없었던 구결들이 선명하게 뇌리와 마음에 각인됐다.

참으로 기이한 일이었다.

배교의 교주들은 대를 이어서 자신의 체득한 정수를 후대에 넘겨줬다. 그렇기에 시간이 갈수록 교주의 힘이 강해졌다.

강한 교주를 중심으로 배교가 교세를 펼쳐 나갈 수 있었다.

오랜 세월 단절됐던 배교의 진정한 정수가 이한열에게 넘어왔다.

반쪽짜리 배교의 교주가 아닌 오롯한 교주의 탄생이었다.

환술과 주술 등 배교의 비전이 이한열의 뇌리에서 마구 돌아다녔다. 정신없이 혼란스럽던 비전들이 차곡차곡 쌓이기 시작했다.

이 과정은 극도의 정신력을 소모했다. 환술과 주술이라고 해서 만능이 아니었다. 혈선이 말하지 않았는데, 정신력이 부족할 경우 백치가 될 위험도 있었다.

'빌어먹을! 하마터면 졸지에 백치가 될 뻔했잖아.'

이한열이 혜심이체대법의 요체를 비롯한 주의사항을 깨우치면서 혈선을 욕했다.

정신력은 내공과 달랐다.

말 그대로 정신의 힘이었다.

몸이 약하고 내공이 부족해도 정신력은 강할 수 있었다. 그러나 이 정신력을 정확하게 파악할 수 있는 수단이나 방법이 없었다.

그냥 정신력이 강해 보이는 사람에게 혜심이체대법을 시행할 뿐이었다. 통하면 좋고, 통하지 않으면 나쁠 뿐이었다.

죽는 자만 억울했다.

'세상에 공짜는 없다니까.'

이한열이 툴툴거렸다.

하나뿐인 목숨을 담보로 해서 얻은 기연이었다.

혜심이체대법 과정에서 이한열의 정신력이 빠르게 소진됐다. 극심하게 소모되어 가는 정신력으로 위기 상황이 발생하자 양의심공이 자연스럽게 일어났다. 동시에 건이 곤이 될 수 있는 건곤앙천록의 구결이 선명하게 떠올랐다.

후우우웅! 후우우우웅!

단전과 전신에 쌓이던 선천진기와 후천진기들이 상생과 상충을 하면서 일어났다. 건곤앙천록의 구결에 따라 진기들이 새롭게 깨끗해지는 세신의 과정을 거쳤다. 기운이 깨끗해지면서 육체가 맑아졌고, 피폐해지는 정신력을 보충했다.

이한열이 관심을 가지고 관조하자, 몸의 변화를 알아낼 수 있었다. 그동안 얻었던 무공들의 도움으로 인해 가까스로 위기를 벗어났다.

'천행인가? 아니다. 모두 노력해서 얻은 산물들이다. 그러니까 결국 내가 잘나서 살아남았다는 결론이지.'

이한열의 정신력은 가히 독보적이었다.

실제 배교에서 혜심이체대법을 시행하면서 죽은 후계자들의 숫자가 상당했다. 배교가 잘나갈 때 뽑았던 능력있는 후계자들도 정신력에 있어서는 이한열에게 상대가 되지 않았다.

정신력만 따질 때 이한열과 동급이라면 교주의 직위에 올랐던 세 명뿐이었다.

콰아아! 콰아아아!

고갈되지 않는 정신력이 버텨 주고 있었기 때문에 배교의 비전들이 꾸준하게 밀려왔다. 정보의 저장고를 발견하고 달려드는 구결들이 꾸역꾸역 쌓였다.

'후우! 정말로 방대한 양이군.'

이한열이 계속 밀려오는 셀 수 없이 많은 구결들을 보면서 놀랐다.

지금까지 들어온 구결들만 셈해도 수레 열 개를 넘어섰다. 이한열이 과거 공부할 때 읽은 수많은 책들과 북경에 와서 읽은 책의 양을 가뿐하게 넘어섰다.

그리고 그 방대한 양이 언제 끝날지 몰랐다.

'공기처럼 가볍고 하찮은 것이라고 해도 배우면 즐거움인데, 진귀하여 쉽게 배울 수 없는 가르침을 방대하게 얻다니 축복이로구나.'

새로운 걸 배운다는 건 즐거운 일이었다.

뇌리에 선명하게 떠오르는 구결들을 하나하나 새겨 넣었다. 혜심이체대법을 통해 깨닫는 것과 별개로 얻을 수 있는 걸 찾기 위해 눈을 부릅떴다.

학사로서 가지고 있는 자부심의 격발이었다.

피어나고 지는 구결들 사이로 배움이 향기가 진하게 떠올랐다. 고대의 공부들을 두고 지금까지 많은 연구가 이어져 왔다.

팔백여 년의 세월 동안 축적된 지식과 지혜의 힘은 무시할 수 없었다. 과거에 급제하기 위해 노력한 이한열은 누천년 동안 축적된 지식과 지혜의 혜택을 입은 자였다.

과거에 합격하기 이해서는 반드시 읽어야 하는 모든 책을 섭렵했다. 그 결과 혈선이 알지 못하던 지식과 지혜를 발휘하여 배교 비전의 새로운 가능성을 찾아냈다.

이한열은 새로운 공부를 얻고자 하였을 때, 어디로 가야 하는지, 무엇을 해야 하는지, 어떻게 해야 하는지에 대해서 철저히 연구하고 계획한 뒤 실행에 옮겼다.

우선 배교 비전에 대해서 심층적으로 알아 보고, 머릿속의 지식과 지혜를 떠올려 새롭게 얻을 수 있는 공부들을 파악했다.

이한열이 도약을 해 나갔다.

콰아아아! 콰아아아!

쉼 없이 밀려오는 붉은 기운이 허공의 이한열을 떠받치고 있었다.

스르르! 스르르!

이한열의 몸이 천천히 밑으로 추락하기 시작했다.

"축제의 끝이로구나."

온통 천지를 붉게 물들이던 붉은 안개가 희미해져 갔다.

이한열이 할 수 있는 건 현실을 받아들이는 것이 고작이었다.

탁!

이한열의 발이 바닥에 닿았다.

바스스! 바스스!

지니고 있던 힘을 모두 잃어버린 배교지존록 책이 알알이 먼지가 되어서 허공에 흩뿌려졌다.

"배교의 비전이 이런 것이구나! 팔백 년의 세월을 뛰어넘어 후인에게 전달할 수 있다니 직접 경험해도 믿기 힘들어. 하지만 엄연한 사실이지. 내가 직접 펼칠 수도 있으니까."

이한열의 뇌리에는 곧바로 시전 할 수 있는 배교의 주술과 환술들이 가득 넘쳐 났다. 그것들을 당장에 시전할 수 있을 정도로 완숙한 느낌이 들었다.

기연을 접한 그가 희희낙락하고 있을 그때였다.

"배교의 비전이 후인에게 이어졌다. 진정한 배교의 힘이 혈마 위에 있음을 증명해야 할 것이다. 그를 위해 축복이자 저주의 주술을 걸어야 함을 미안하게 생각한다. 하지만 이는 배교의 교주라면 마땅히 해야 하는 법! 혈마를 쓰러뜨려 배교

의 힘을 만방에 떨쳐라!"

묵직한 음성이 이한열 빼고 아무도 없는 실내에 울렸다.

"혈선?"

이한열의 동공이 커졌다.

팔백여 년의 세월을 뛰어넘은 혈선의 육성이 지금 이한열에게 전해졌다. 마음과 심장에 새겨지듯 묘한 울림을 가지고 있었다.

파아앗! 파아앗!

단전을 비롯한 몸 구석구석에 들어와 있던 기운들이 폭발적으로 일어났다. 심맥과 혈도의 좁은 길이 확장되면서 탄탄하게 바뀌었고, 근육과 뼈가 질기고 튼튼해졌다.

드드득! 드드득!

요란한 소리가 울렸다.

뼈와 근육 등 육체의 모든 부위가 최고 최강의 힘으로 새롭게 개조되어 갔다. 환골탈태와 비슷한 개념이었는데 오히려 그 이상이었다. 환골탈태는 인간의 육체로서 최선의 위치에 올라설 수 있는 것에 반해 지금의 과정은 인간의 한계를 뛰어넘는 힘이 있었다.

"이것은 내 의지가 아니다."

저주라는 말에 불길함을 느낀 이한열이 황급히 진기를 제어하려고 하였다. 하지만 혈선의 기운을 바탕으로 새롭게 태어난 진기는 말을 듣지 않았다. 이한열의 육체에 있는 막대한 기운들이 이율배반적으로 전 주인인 혈선의 말에 따라서 움직였다.

파파팟! 파파팟!

영구적으로 발휘할 수 있는 주술이 뼈와 오장육부 등에 새겨졌다. 한 번 새겨지면 결코 지울 수 없는 낙인의 문자였다.

무려 천 자에 걸치는 문자들이었다.

"젠장! 육체의 능력을 진화시켜 주는 효과가 있지만 혈마와 만나면 미친 듯이 싸워야 하잖아."

문자의 뜻을 해석한 이한열이 욕설을 내뱉었다. 혈마가 남긴 무공과 접하면 싸워서 이겨야만 하는 숙명을 떠안았다.

육체의 능력을 진화시켜 주는 효과는 결코 단순하지 않았다. 진화된 육체는 수많은 파생효과를 낸다. 내공심법을 운기할 때 더욱 많은 자연의 기운을 흡수할 수 있었고, 무공을 펼칠 때 보다 능숙하고 원활하게 시전이 가능하다.

혈선은 혈마와 싸울 때 육체적인 능력의 부족을 무척이나 안타까워했다. 육체의 부족 때문에 머릿속에 있는 수많은 배교의 비전을 제대로 펼쳐내지 못하였다. 그렇기에 필생의 노력 끝에 육체가 진화하는 주술을 만들어 냈다.

미친 듯이 피 흘리며 싸우는 혈마와 일대일로 대등하게 격돌하기 위해서는 진화하는 육체가 필요했다. 그것이 최소한의 조건이자 가장 중요하다고 혈선이 판단했고 진화육신개조대법을 창조했다.

진화육신개조대법은 마치 복리 이자와 같았다.

시간이 흐를수록 점점 더 강해졌다. 장구한 시간이 흘렀을 경우 진화육신개조대법을 익힌 자는 완전한 금강불괴가 되어 육체 능력만으로도 강호를 점령하는 것이 가능했다.

이론적으로는 가능한데, 진화육신개조대법의 혜택을 받은 자가 이한열이 유일했다. 그렇기에 시간을 두고 검증을 받아야 하는 문제가 있었다. 무릇 하나의 무공이 탄생하면 검증을 통해 수많은 오류를 바로잡아 가는 과정이 필요하다.

"육체가 진화하는 건 좋지만 이건 아니지 않습니까? 혈마와 싸우는 걸로 부족해 혈마의 무공들과도 격돌하라는 건 너무 심하잖아요. 강호에 뿌려져 있는 혈마의 무공들이 얼마나 많은지 아십니까?"

쓰러질 것처럼 현기증을 느낀 이한열이 분노했다.

싸우려고 하지 않으면 기운이 폭주하여 엄청난 고통을 주고 종국에는 육신이 폭발한다. 몸에 새겨진 천 자의 문자는 일종의 폭탄이었다. 손오공이 머리에 썼던 관 형태의 머리띠 금고아보다 더욱 악독했다.

고금제일마 혈마에 대한 연구는 종원무림과 새외 무림에

서 계속 진행되고 있었다. 지역과 소속을 가리지 않았는데, 황실도 혈마를 상대하기 위해서 노력하였다. 고금제일마 혈마의 중원 복귀는 황실에 있어서도 피할 수 없는 커다란 재앙이었다.

"환장하겠네. 편안하게 강호행을 하려고 했는데, 이렇게 되면 죽지 않기 위해 싸워야 하잖아."

이한열은 복장이 터질 지경이었다.

이럴 수밖에 없는 이유는 혈마의 무공 수련에 대한 열풍이 강호를 휩쓸고 있기 때문이었다. 고금제일마 혈마가 남긴 무공들에는 특별한 능력과 힘이 있었다. 과거에 이인자였던 환마가 혈마의 무공을 강호에 잔뜩 뿌려 놓았다.

그렇기에 강호무림에서 내로라하는 무림세가와 문파들에는 혈마의 무공 비급이 있었다. 공개적으로 드러내지는 않지만 정도칠대무림세가에도 혈마의 무공을 익히고 있는 무인들이 있을 정도였다. 사마외도들은 혈마의 무공 비급을 익히기 위해 더욱 혈안이었다. 현 무림의 강자들 가운데 혈마가 만든 무공을 익힌 자들이 꽤 많았다.

"썩을! 정사마를 가리지 않고 피 터지게 싸우게 생겼네."

혈선의 저주로 이한열은 상상도 할 수 없는 많은 싸움을 하게 될 운명이었다. 갑작스럽게 얻은 막대한 배교의 힘은 결코 공짜가 아니었다.

"뿌득! 기필코 이 저주를 없애 버리겠다."

이한열이 이를 부득부득 갈았다.

그는 고금제일마 혈마와 싸우는 것보다 혈선이 남긴 진화육신개조대법을 지워 버리는 것이 좋다고 판단했다. 후자가 살아남을 가능성이 훨씬 높다고 생각했기 때문이었다.

"공부하자. 공으로 먹다가는 체하기 마련이야. 스스로 땀 흘려서 얻는 것이 제일이다."

이한열이 서가에서 책을 꺼내 들었다.

답답하고 불편한 심정이었는데 책의 퀴퀴한 냄새를 맡자 절로 마음이 숙연해졌다. 분개했던 눈동자가 차분해지면서 책의 구결에 머물렀다.

그렇게 책의 내용을 소화하기 위한 이한열의 눈빛과 마음이 책 속으로 빨려 들어갔다.

팔락! 팔락!

고요한 가운데 책장 넘어가는 소리만이 들렸다.

열심히 공부한 탓인지 얻은 소득이 있었다.

"호오! 검을 몸 안에 집어넣는 법이 있네."

이한열의 눈빛이 반짝 빛났다.

그렇지 않아도 모산천검을 가지고 다니는 데 있어 불편함을 느끼고 있었기 때문이었다. 배교의 주술과 환술을 이용하면 요검이자 마검인 모산천검을 몸으로 흡수할 수 있었다.

"학사는 몸에 병기를 휴대하지 않는다. 안으로 집어넣을 뿐……."

이한열이 입가에 흡족한 미소를 지었다.

이제 더 이상 허리춤에서 모산천검을 덜렁거리면서 가지고 다니지 않아도 됐다. 모산천검의 효능이 쏠쏠하기는 한데 불편한 점이 적지 않았다. 그 가운데 가장 큰 불편함은 학사로서의 품위 손상이었다.

"학사는 자고로 외양이지. 겉으로 보이는 모습이 중요해."

외양에 지대하게 신경을 쓰는 이한열은 학사로 사람들에게 보이고 싶었다.

허리춤에 고풍스러운 검을 차고 다니면 학사가 아닌 무인으로 보는 사람들이 많았다. 그렇지 않아도 황자지란에서 벌인 전투 때문에 학사가 아닌 무인으로 인식하는 사람들도 있었다. 심지어 비무를 하기 위해 찾아오는 황실 고수들까지 있었다.

팔락! 팔락!

커다란 기연을 접하고도 학사로 남고 싶은 이한열의 공부가 계속 이어졌다.

이한열은 학자였다.

무공을 익혔다고는 하지만 강호의 삶과는 거리가 멀었다. 그런 그는 강호행에 앞서 많은 연구와 조사, 고뇌를 하게 됐다. 이제 강호의 무림인들과 치열하게 싸워야 하는데 아무 생각 없이 강호행을 할 수는 없는 노릇이었다.

그는 강호행에 앞서 많은 것들을 준비했다.

검을 비롯한 병기들을 휴대하고 홀쩍 떠나가는 강호인들과 무척이나 달랐다.

"황실과 조정의 힘을 빌리면 정파의 지원을 받기가 수월하다. 하지만 정파를 등에 업고 강호를 일통한다는 건 불가능에 가깝다."

정파는 유구한 세월과 전통을 간직하고 있었다.

혜성처럼 등장한 절대고수라고 해도 신인이라고 하면 배분이 높은 선배들에게 고개를 숙여야 했다. 조정에서 정일품 관리 앞에 정구품 관리가 고개를 바짝 조아리는 것과 똑같았다.

정파의 딱딱하면서 고루한 배분 체계는 무척이나 유명했다. 실력이 떨어지더라도 배분이 높은 선배들이 정총의 높은 자리를 많이 차지하고 있었다.

정파 역시 이런 문제를 인식하고 있지만 뚜렷한 해결책이 나오지 않고 있다. 정파의 삶과 밀접한 연관이 있는 부분이기에 단시간에 해결할 수 없다.

"사마외도의 길을 간다."

이한열이 결심했다.

강호를 연구하고 조사한 뒤 심사숙고하여 내린 결론이었
다. 정파에 투신하는 것이 순천이라면, 사마외도의 길을 걷는
건 역천이었다.

사마외도는 배분보다 힘을 숭상했다.

강자지존!

강대한 힘은 배분을 허물었다.

학자의 삶을 살아온 이한열이 강자지존의 매력에 빠져들
게 됐다. 그리고 집념과 끈기로 무공을 익힌 이한열은 약하지
않았다. 높은 위치에서 내려다볼 수 있기에 사마외도 진영에
발을 담그는 건 매력적인 일이었다.

"파란만장한 강호의 삶이 되겠어."

벌써부터 흥미진진해졌다.

비록 외부의 압력으로 인해 학자의 삶을 팽개치고 강호의
세계로 들어서지만 나쁘지 않았다. 학자가 편안해 보이지만
실상 수많은 고초와 싸움의 여정이 넘친다. 붓과 혀를 활용
한 학자들의 싸움은 도검이 난무하는 강호보다 더욱 살벌한
측면이 있다.

이한열의 삶은 투쟁과 극복의 연속이었다.

가난을 극복하기 위해 학문을 처절하게 익혔고, 조정에서
살아남기 위해 남 비방하는 걸 서슴지 않았다. 투쟁을 통해
가난과 어려운 환경을 이겨 냈다. 어려움과 아픔 앞에서 굴하

지 않는 의지와 끈기, 독립심, 투쟁심 등이 길러졌다.

　이한열이 거칠고 어려운 환경에서 자신을 보호하는 법을 터득했다. 그리고 그의 싸움은 여전히 현재진행형이었다. 승리했을 때의 보상과 즐거움을 너무나도 잘 알기에 매순간 노력했다.

第四章

측은지심

　참으로 많은 걸 준비한 이한열이 북경을 떠나 고향으로 향했다. 성공한 관리로 많은 사람들의 환송을 받고 병사들의 호위와 함께 풍족하고 안락한 길을 떠날 수도 있었다. 편한 방법을 마다한 그가 홀로 가는 길을 선택했다.

　그는 사실 태어나서 단 한 번도 제대로 된 여행을 한 적이 없었다. 고향에서 북경으로 올 때는 긴장 때문에 제대로 주변을 구경하지 못했다.

　관리로 성공하고 난 지금에서야 비로소 여유가 생겨나서 주변 풍경들이 눈에 들어왔다.

　저벅! 저벅!

이한열의 발걸음이 예사롭지 않았다.

가볍게 땅을 밟을 때마다 앞으로 쭉쭉 뻗어나갔다.

"헉! 엄청 빠르다."

"무슨 걸음이 저렇게 빠르지?"

"대단하다. 도술을 사용하는 것 아닐까?"

"무식하군! 저건 도술이 아니라 강호인들이 사용하는 경신술이라는 거다. 경신술을 사용하면 몸을 깃털처럼 가볍게 만들고 빠르게 나아갈 수 있어."

"아하! 그렇구나."

쏘아진 화살처럼 나아가는 이한열을 본 사람들이 감탄했다.

이한열은 북경에서 생활하며 사람들의 시선과 이야기에 익숙해져 있었기에 사람들의 수군거림에도 별다른 부담을 느끼지 않았다. 먼 거리를 여행하는 이번 기회에 그동안 부족했던 경신술을 연습하며 무척 빨리 움직였다.

외문무공을 익힌 그에게 가장 부족한 공부 가운데 하나가 바로 경신술이었다. 그렇기에 황자지란에서 적들에게 무수히 많이 두들겨 맞았다. 몸이 단단해서 큰 피해를 입지는 않았지만 맞을 때는 여전히 아팠다.

그리고 그것만이 아니었다.

배교의 비전 주술 가운데에는 축지법도 있었다.

"축지법은 땅을 접어 보다 더 빠른 속도로 이동하는 방법이다. 축지법을 고도로 익히면 공간 단축도 가능하겠지. 그럴 경우 공간 이동이 되는 셈이지. 하지만 그것이 정말로 가능할지는 의문이야."

이한열은 배교 비전을 통해 축지법에 대해서 알게 됐다.

일단 축지법을 펼치기 위해서는 뼛속에 기운을 가득 채워 넣어 가볍게 만들어야 한다. 기운이 온몸에 넘쳐나게 되면 공기처럼 둥실 떠오른다. 그렇게 되면 몸은 땅을 접어 앞으로 쭉쭉 나아갈 수 있게 된다. 그리고 축치법의 최종국인 공간 이동은 몸을 움직이면 이미 원하는 곳에 가 있게 된다.

지금의 이한열은 날듯이 땅을 스치고 나아가는 단계였다.

그는 고향으로 가는 도중 헐벗고 굶주린 백성들을 많이 보게 되었다.

"……."

처음에는 별다른 생각이 없이 보게 됐다.

하지만 안타까운 처지의 사람들을 볼수록 이한열의 마음이 아파 왔다. 비리를 저지르는 데 있어 주저함이 없는 이한열이지만 측은지심은 분명히 가지고 있었다.

"헐! 백성들이 배불리 먹고 살아야 관리들이 살찌고 위정자들이 잘사는 법인데…… 기반이 흔들리고 있으니 나라가 위태로워."

백성은 나라의 근간이었다.

그런 백성들이 지금 굶주리며 힘들게 살아가고 있었다. 그뿐만 아니라 백성들에게는 또 다른 근심거리가 있었다.

바로 이민족들의 침입이었다.

바다를 접하고 있는 남쪽과 동쪽 지역에는 왜구가 극성이었고, 남서쪽으로는 소수민족들이 반란을 일으켰으며, 만리장성 너머로는 여진족과 거란족의 노략질이 극심했다.

백성들은 먹고살기도 힘든 판국에 성 쌓는 노역이나 병사로 이리저리 불려 다녔다. 이민족의 준동과 함께 낙후된 성과 성벽을 보수하는 데 있어 많은 수의 백성들이 동원돼야만 했다. 제대로 먹지 못한 상태에서 힘든 일을 하는 백성들이 피폐함을 잔뜩 드러냈다. 제대로 먹지 못하고 노역에 동원된 자들이라 상태가 너무 좋지 않았다.

"참혹하구나."

이한열도 황궁에서 수많은 서류와 보고서를 통해 백성들의 고단한 삶을 인지하고는 있었지만 실제 눈으로 보는 광경은 너무나도 비참했다.

어릴 때 가난하고 힘든 경험을 했던 이한열의 현재 삶은 천국이라고 할 수 있었다. 피죽조차 제대로 끓여 먹지 못해 비쩍 마른 백성들의 눈에 희망이라고는 보이지 않았다. 그저 죽지 못해 살아갈 뿐이었다.

"황실과 조정이 바로서야 백성들의 삶이 비로소 윤택해질 텐데……."

이한열이 안타까운 현실 앞에 무엇을 해야 하는지 깨우쳤다. 처절하게 살아가고 있는 백성들에게 황실과 조정의 따뜻한 손길이 미치기를 원했다.

그가 북경에서 편안하게 보내고 있을 때, 적지 않은 수의 백성들은 굶주렸다. 비교적 잘산다는 하북성의 현실이 이 지경이니 다른 성들은 말할 필요가 없다는 걸 잘 알았다.

일류 요리점에서 식도락을 즐길 수 있는 이한열과 달리 백성들의 집에는 쌀 한 톨 없는 경우가 허다했다. 찢어지게 가난하기에 제대로 밥 한 끼 차려 먹기가 힘든 실정이었다.

현실에 고통 받고 있는 백성들을 보면서 안타까워했지만 그렇다고 해서 이한열이 함께 굶거나 저렴한 음식을 먹는 일은 없었다.

처연한 마음은 마음이고, 현실은 현실이었다.

현실에서 그가 할 수 있는 일을 찾았다.

사실 백성들이 가난하고 처참하게 사는 건 관청이 백성 구민에 제대로 힘을 쓰지 않기 때문이었다. 관청은 백성들이 배불리 먹고살 수 있도록 도와야 했고, 가난하면 구휼미를 풀어서라도 배불리 먹게 만들어 줘야 했다.

그러나 모든 관청이 자신의 역할을 제대로 수행하는 것이 아니었다. 일부 관청은 주로 권세 있는 귀족이나 호족, 무림 방파들과 관련을 맺고 있었는데, 특히 잘나가는 관청일수록 그런 곳들이 많았다. 이런 관청들은 주로 고위 관료나 힘 있는 사람을 배경으로 두는 곳들이었다.

문화전대학사이자 현 조정의 실세 가운데 한 명인 이한열은 들르는 곳마다 자신의 신분을 숨기지 않고 밝혔다. 현령이나 현감, 안찰사 등이 만남을 청할 때마다 한 번도 거절하지 않았다. 만남이 있고 난 뒤 전낭이 두둑해질 때마다 웃음이 짙어졌다. 관인들의 인사치레를 거절하는 법이 없었다.

참새가 방앗간을 그냥 지나치지 않듯 이한열은 들를 수 있는 관의 기관들을 두루두루 꼬박꼬박 찾았다.

"받을 건 받고, 찌를 건 찔러야지."

이한열이 사리사욕을 채우고 있는 관리들의 부당한 행위를 바로잡기 위해 붓을 들었다. 부정부패의 잘못된 행위를 용납하지 않겠다는 걸 보여 줄 작정이었다.

스윽! 슥!

그가 벼루에 묵을 갈기 시작했다.

먹물이 완성되자, 이한열이 붓에 먹물을 듬뿍 찍어 용사비등한 글씨체로 상소문이라고 썼다. 비리를 폭로하여 관리들을 망신시키고, 심한 부정부패에 연루된 관리들은 삭탈관직시키도록 할 참이었다.

상소문에는 관리들의 비리와 부정부패에 대한 내용이 상세하게 기록됐다. 부정부패를 뿌리 뽑는 가장 효과적인 방법은 조정과 황실의 높은 사람들에게 고발하는 일이었다.

"적당히 해 먹어야지. 나도 눈치 살펴 가면서 조금씩 먹는데 너무 많이 해 먹잖아."

피해를 입었다고 느끼는 이한열의 마음에서 강한 정의감이 솟구쳤다. 나쁜 관리들은 정의의 이름으로 처벌해야 하는 법이었다.

"이런 게 바로 민중의 지팡이이지."

이한열이 탐관오리들로 인해 고통 받고 있는 백성들의 아픔과 분노를 처리해 준다고 여겼다.

자금성에서 일하고 있는 관리들의 입장에서 지방 관리들은 하찮게 보인다. 하지만 지방 관리들은 각자의 영역에서 거의 왕과 같은 권력을 가지고 있다. 그 무소불위의 권력으로 백성들을 마구잡이로 휘두를 수 있다. 탐관오리가 한 명 나타나면 수많은 백성들이 고통을 받는다.

이한열이 백성들을 위해 해 줄 수 있는 일 가운데 하나가 바로 상소문이었다.

일반 유생이나 학자, 백성들이 상소문을 올릴 수도 있으나 이한열의 상소문과는 질적으로 달랐다. 조정의 관리들은 주수선 군주마마의 총애를 받고 있는 이한열의 상소문을 허투루 대할 수가 없었다.

이한열의 상소문에 오른 관리들은 추풍낙엽이 되어 떨어져 내렸다. 심한 비리를 저지른 관리들 가운데 태형을 받으면서 차가운 시신이 된 자들도 있었다.

고향을 향해 나아가면서 이한열이 연신 지방 관리들의 비리를 끄집어냈다. 비리를 저질러 봤기에 다른 자들의 부정부패를 매의 눈으로 찾아냈다. 그러면서 미약한 관리의 비리는 전낭이 두둑해지는 인사치레와 함께 가볍게 눈감아 주었다.

세상이 험악하고 어수선해지다 보니 청백리들이 빛을 보기 어려웠다.

이 사람은 진심으로 백성들을 위하는 청렴한 관리로 타의 모범이 되는 바이기에 관직을 올려 줘야 합니다.

이한열이 상소문을 통해 부패한 관리 밑에서 고생하고 있는 청백리들을 콕콕 골라내어 높은 관직으로 등용시켰다.

"정말 감사합니다. 황실과 조정, 백성을 위해서 뼈가 가루가 되도록 열심히 노력하겠습니다."

현령으로 올라선 사내가 존경의 눈초리로 이한열에게 허리를 숙였다. 찢어지게 가난한 삶을 살면서도 사시사철 푸

른 소나무처럼 위로는 천자를 아래로는 백성을 위해 왔지만
혼탁한 현실 앞에서 사실 반쯤은 포기하고 있는 실정이었다.
그렇게 가치관을 지키면서 어렵고 힘들게 살아왔는데 하루아
침에 현령이 됐다.

"청렴하게 살아온 삶이 보답 받은 것이지."

이한열이 청백리의 어깨를 툭툭 두드려 줬다.

"감사합니다. 문화전대학사를 본받아 더욱 정진하겠습니
다."

청백리가 이한열을 존경 어린 시선으로 바라보았다.

갑작스럽게 관청에 나타난 이한열이 현령의 부정부패를 천
명한 뒤 현령을 감옥에 하옥시켰다. 현령이 관청의 포졸과 관
리들을 동원하여 저항하려고 했지만 곧바로 안찰사의 병사
들이 뛰어나왔다.

안찰사의 병사들에게 이한열의 높은 신분을 알게 된 청백
리는 고개를 숙였다. 그리고 자신을 현령으로 임명한다는 첩
지를 이한열에게 전해 받고서 감격에 젖어 버렸다.

선비는 자신을 알아주는 사람을 위해 죽는다고 했다.

청백리는 이한열을 통해 자신의 고고한 가치관이 틀리지
않았다는 걸 증명했다. 큰 위로와 감동을 받았기에 너무나도
고마웠다.

청백리에게 있어 이한열은 자신을 알아주는 군주나 다름

이 없었다.

청백리는 이한열의 비리와 어두운 부분에 대해서는 아무것
도 몰랐다.

'본받지 않아도 괜찮아.'

괜히 양심이 찔렸기에 이한열은 청백리의 뜨거운 눈빛을
살짝 외면했다. 그의 눈빛이 닿을 때마다 가슴이 콕콕 찔려
왔다. 하지만 철판을 깔은 것처럼 속마음이 겉으로 하나도
드러나지 않았다.

철면피!

이한열이 염치없고 뻔뻔한 속내와 달리 외양에서 대인의
자연스러운 위엄을 마음껏 드러냈다.

이한열이 몇 해째 흉년이 이어지고 있는 한 마을을 지나던
길이었다.

관청에서는 흉년이 계속되고 있는데도 불구하고 구휼미를
한 톨도 풀지 않아 백성들의 굶주림은 극심했다. 아사자가
속출하고 있는 실정에 백성들의 불만이 점점 고조되어 갔다.

날이 저물 무렵, 이한열이 금방이라도 쓰러질 것처럼 서 있
는 농가 앞을 지나게 되었다.

흐으윽! 흐으윽!

억눌린 울음소리가 가느다랗게 울렸다.

남이 들을세라 작게 흐느끼는 울음소리에는 체념과 슬픔 등이 가득 뒤섞여 있었다.

"응?"

하룻밤을 묵어가기 위해 관청으로 향하고 있던 이한열의 눈에 이채가 어렸다. 작은 울음소리였지만 백 장 밖 개미 기어가는 소리까지 잡을 수 있는 이한열이었다.

"청하는데, 하룻밤 묵어갈 수 있겠는가?"

울음소리가 울리고 있는 농가의 문 앞에 선 이한열이 목소리를 높였다.

뚝!

울음소리가 갑자기 멈췄다.

초가집 문을 열고 밖으로 나온 사람은 호호백발의 노파였다. 심하게 갈린 밭고랑처럼 쭈글쭈글한 피부를 가진 그녀의 안색은 절망감으로 물들어 있었다. 삶의 희망이 보이지 않는 눈빛이었다.

"보아하니 신분이 높아 보이시는데, 이 집에서는 대접해 드릴 것이 아무것도 없습니다."

노파가 꺼져 가는 목소리로 처연하게 말했다.

한 눈에 봐도 고급스러운 비단옷을 멋들어지게 차려입은 이한열과 금방이라도 쓰러질 것 같은 초가집은 어울리는 구석이 하나도 없었다.

"밤이 늦어서 노숙을 해야 할 판이오. 하룻밤 머물러 갈 수 있게 도와주시오."

"거짓이 아니라 쌀 한 톨이 없어 아무것도 대접할 것이 없습니다."

"이슬만 피할 수 있으면 대만족이오."

이한열이 간곡하게 청했다.

사실 쓰러져 가는 초가집에서 자고 싶은 마음이 강한 건 아니었다. 하지만 노파의 너무나도 처연한 울음소리가 그의 발걸음을 떠나가지 못하게 막아섰다.

'어머니의 울음소리와 비슷했어.'

이한열의 눈빛이 아련해졌다.

과거에 두 번 연속으로 떨어지고 난 뒤, 늦은 밤에 요의를 느끼고 밖에 나왔을 때 몰래 흐느껴 우는 어머니 오혜련의 울음소리를 들은 적이 있었다. 두 손으로 입을 막고 누가 들을세라 홀로 울던 그 울음소리가 너무나도 처연했었다.

과거에 떨어지고 이한열도 힘들었지만 가장 힘든 사람은 오혜련이었다. 집안 살림을 홀로 책임지다시피하고 있는 그녀는 남편과 자식 앞에서 내색을 하지 않았을 뿐 너무나도 큰 압박을 느끼고 있었다.

오혜련의 울음소리에 이한열의 가슴은 갈기갈기 찢어지고 말았다. 그 뒤로 정신을 차린 이한열이 불철주야 미친 듯이 노력을 해서 과거에 급제를 하게 됐다.

어머니와 비슷한 울음소리를 듣고 그냥 지나칠 수는 없는 노릇이었다.

"그렇다면 어쩔 수 없지요. 들어오시지요."

노파가 묵어가는 걸 허락했다.

슥!

이한열이 노파와 함께 균열이 잔뜩 가 있는 초가집 안으로 들어섰다.

언제 무너질지 모를 방 한쪽에는 두 명의 아이들이 앉아 있었다.

"배고파!"

"할머니, 먹을 것 좀 줘요."

굶주린 아이들이 연신 칭얼거렸다.

"아이구! 녀석들아! 손님이 오셨으니 조용히 있어라."

노파가 이한열의 눈치를 살피며 아이들을 다독거렸다.

"이것이라도 먹어라."

이한열이 품속에서 육포를 꺼내 아이들에게 나누어 줬다.

길을 걷다가 입이 심심해지면 먹으려고 사 두었던 고급스러운 소고기 육포였다. 일류 장인이 정성스럽게 만든 육포는 때깔부터 남달랐다.

"와아! 고기다."

"육포다."

아이들이 이한열의 손에서 육포를 잡아채듯이 **빼앗아 갔** 다.

쩝! 쩝!

와구! 와구!

아이들이 침을 묻혀가면서 육포를 게걸스럽게 먹기 시작했 다. 허겁지겁 주린 배를 채우고 있는 입가에 미소가 감돌았 다.

"이놈들아! 감사하다고 인사를 먼저 드렸어야지. 정말 감 사드립니다. 아이들의 잘못은 제가 대신 사과드립니다."

노파가 윽박질렀음에도 불구하고 배가 고픈 아이들은 육 포 먹는 데 정신이 없었다. 매우 송구스러워 하면서도 감사의 인사를 잊지 않았다.

"허허허! 괜찮으니 편하게 먹으라고 하시오."

배가 고프면 눈에 뵈는 게 없는 법이라는 걸 잘 알고 있는 이한열이 자연스럽게 상황을 받아들였다. 배를 곯아 가면서 공부했기에 지금 두 아이의 심정을 잘 알았다.

어둠이 짙게 드리워진 하늘에 별들이 빛나고 있는 늦은 밤 이 되어서야, 젊은 부부가 돌아왔다. 온통 흙투성이인 부부 는 피곤에 찌든 모습이었다. 부부는 보금자리에 자리 잡고 비 싸 보이는 비단옷을 입은 이방인을 시큰둥한 눈초리로 바라보았다.

"하룻밤 묵어가게 되었으니 잘 부탁하오."

이한열이 가볍게 인사했다.

젊은 부부는 여전히 불편한 기색을 숨기지 않고 있었다. 피곤에 찌들어 집에 들어왔는데 이방인 때문에 제대로 쉬지도 못 하고 있었다.

"아! 여기 손님이 아이들에게 소고기 육포를 나누어 주셨다. 아이들이 오랜만에 맛있게 고기를 먹었어."

노파가 불편하게 침묵하고 있는 아들 부부의 옆에서 불쑥 끼어들었다. 딱딱하게 굳어 있던 부부가 곤하게 자고 있는 두 아이를 바라보면서 처연하면서도 희미한 웃음을 지었다.

찌릿! 찌릿!

그 웃음이 이한열의 가슴에 비수처럼 와서 박혀 들었다.

'하아! 닮았다. 정말로 어머니의 애처로운 미소와 똑같아.'

자식을 애틋하게 사랑하지만, 뭐 하나 제대로 해 줄 수 없는 부모의 찢어지는 마음을 목격한 이한열의 가슴이 울렁거렸다.

며칠 동안 제대로 먹지 못한 아이들에게 소고기 육포를 줬다는 단 하나의 사실만으로 불청객이 훌륭한 손님으로 둔갑했다.

"누추하지만 편하게 지내다 가시지요."

"대접해 드릴 것이 없어서 죄송합니다."

부부가 이한열에게 고개를 숙였다.

"고맙소. 그런데 어찌 이리 늦게 들어오시는 것이오?"

"아내와 함께 성을 쌓는 부역을 치르고 돌아오는 길입니다. 그리고 초원장에서……."

"여보!"

아내가 남편에게 목소를 높였다.

힐끔 이한열을 바라보는 그녀의 눈빛에는 경계심이 잔뜩 어려 있었다.

"내가 지나가는 나그네이지만 사실은 힘을 깨나 쓰는 사람이라오. 부조리한 일이 있으면 도와줄 터이니 편하게 말해 보오."

이한열이 자신감 넘치게 말을 했지만 남자는 쉽게 입을 열지 않았다.

잠시 시간이 지났다.

주눅이 든 남자가 이한열을 힐끔힐끔 쳐다보며 눈치를 살폈다. 말을 해야 하는지 고민하고 있었는데, 가만히 팔짱을 끼고 있는 이한열이 점점 크게 보였다. 그냥 가만히 있는 것이 종전의 말은 허언이 아니라고 명확하게 알려 주는 것처럼 느껴졌다.

부드러우면서 강한 위엄을 내뿜고 있는 이한열이 긴장한

사내로부터 반응을 일으키고 있었다.

"휴우!"

남자가 한숨을 푹 쉰 뒤 입을 열었다.

"사실 우리 가족은 가난하지만 근근하게 밥을 먹고는 살아왔지요. 흉년이 이어져서 식량을 구하기 어려움에도 불구하고 입에 풀칠을 하면서 지내며 가족끼리 행복하게 살았습니다. 제가 땔감을 장에 내다 팔아서 식량으로 바꾸어 오고, 아내가 나물과 풀뿌리 그리고 나무껍질을 구해다 죽을 끓여 식구들을 먹여 살렸습니다. 그런데 저희 부부가 한 달 전부터 성을 쌓는 일에 끌려가다 보니 식량을 구할 길이 없어서 온 식구가 굶기를 밥 먹듯 하게 되었습니다. 집에서 굶고 있는 노모와 아이들을 위해서 초원장에서 조금의 돈을 융통해 식량을 구했습니다. 삼일 전까지 빌릴 돈을 갚겠다고 했지만 처지가 나아지지 않다 보니 결국 딸아이가…… 크흐흑!"

남자가 말을 하다 말고 감정이 복받쳤는지 눈물을 흘렸다.

"흐읙! 흑! 초령아!"

아내가 옆에서 서럽게 울었다.

"휴우! 죽지 못해서 살고 있는 내가 죄인이다. 내가 목숨을 내놓아서라도 초령이를 초원장에서 데리고 오마."

"아니에요. 어머니를 제대로 모시지 못하고 있는 못난 제가 죄인이니 그런 말씀하지 마세요."

"어머니, 죄송해요."

노파와 부부가 서로 잘못했다고 이야기하고 있었다.

고리대금업과 인신매매를 암암리에 벌이고 있는 초원장의 악명에 대해서 알고 있던 이한열은 뒷이야기를 듣지 않아도 단숨에 이해를 하였다.

"관청에서 구휼미를 주지 않았소?"

"들어 보지도 못했습니다."

"흉년이 이어지고 있지만 구휼미를 받아 본 적은 한 번도 없지요."

"구휼미는 먹어 본 적이 없어요."

관청에서 구휼미를 풀었다는 보고를 서류를 통해 확인하였던 이한열의 미간이 찌푸려졌다. 눈앞의 부부와 노파가 거짓말을 하지 않고 있다면 남은 것은 딱 하나라는 사실을 인지했다.

'서류 조작이구나. 구휼미를 백성들에게 풀었다고 해 놓고 다른 용도로 사용한 것이야.'

이한열의 눈에 시퍼런 기운이 싸늘하게 빛났다가 사라졌다.

구휼미는 재난을 당하거나 빈민을 돕는 데에만 사용이 가능하다. 엄격하게 필요한 경우에만 상부의 허가를 받아 집행

해야 한다. 사사로이 사용할 경우 엄벌에 처하도록 되어 있다.

그럼에도 불구하고 구휼미의 부정 사용이 자주 발생하는 건 엄청난 돈이 되기 때문이었다. 구휼미를 가지고 시중에 풀거나 잠시 상인에게 빌려주어 이자놀이를 하면 엄청난 거금을 만들 수 있었다.

'이번 비리에 연루된 관리들을 엄벌에 처해야겠다. 대명 법률로 금하고 있는 고리대금업과 인신매매를 일삼는 초원장도 처벌을 피할 수는 없다.'

이한열이 한 집안을 파탄이 나도록 만든 초원장을 가만두지 않겠다고 결심했다.

"구휼미가 나오도록 힘을 한 번 써 보지. 그리고 딸아이가 돌아올 수 있도록 만들 테니 걱정하지 말고 집에 있으시오."

이한열이 결심한 내용을 노파와 부부에게 말했다.

"어떻게?"

"힘을 쓰시겠다고요?"

"나는 황실에서 파견 나온 문화전대학사라는 신분을 가진 관리라오."

"문화전대학사요?"

"관리시라고요?"

"현령보다 높으신 가요?"

"과거에 급제한 진사 출신인 내게 현령은 고개도 감히 들수 없지. 황실의 문화전대학사는 참으로 높은 위치의 벼슬아치라오."

이한열이 이들 가족이 쉽게 이해할 수 있도록 눈높이에 맞춰 알려 줬다.

"아이구! 어리석은 제가 대인을 몰라 뵈었습니다. 용서해주십시오."

"대인! 부디 제 딸아이를 불쌍히 여기고 꼭 집에 돌아올 수있도록 해 주세요."

"대인! 부탁드립니다."

부부가 이한열을 향해 고개를 숙이며 간절하게 부탁하였고, 노파가 절을 올리기까지 했다.

"쇠뿔도 단숨에 빼랬다고 기다리고 있으시오. 며칠 내로딸아이가 돌아올 수 있도록 처리하겠소."

가슴 아프고 안타까워하는 가족들의 사연을 알게 된 이한열이 지체하지 않고 자리에서 일어났다. 날이 밝지도 않은 심야에 초가집을 나섰다.

第五章

초원장

강이 동쪽으로 흘러간다.

강물 위에 비친 하늘이 새파랗게 빛나고 있었다. 새하얀 구름들이 둥실둥실 남으로 내려갔다. 나무 위에서는 종달새가 노래를 불렀다.

이 강에서 하류 쪽으로 내려가면 거대한 도시가 자리를 잡고 있다.

강의 하류에는 상업의 중심지가 풍요롭게 형성되어 있기에 많은 사람들이 모여서 살고 있다. 인구 이만 명의 도시민 속에는 강호인들도 포함되어 있었다.

"정말 화창한 날씨야. 피 보기에는 아까울 정도로……."

여유롭게 걸음을 내딛고 있는 이한열이었다.

강의 하류에서 약간 떨어진 숲이 우거진 언덕 위에는 거대한 저택이 한 채 세워져 있었다.

초원장이었다.

백여 년 전에 세워진 초원장의 모습은 고풍스러웠다. 백년에 달하는 전통의 멋스러움이기도 했지만 황량하고 음울해 보이기도 했다.

정파에 속해 있지만 하는 짓은 사파 저리 가라였다.

돈이 되는 일에 닥치는 대로 끼어들었고, 암암리에 고리대금업과 인신매매까지 하고 있었다. 강에 몰래 띄운 배들로 해적질까지 한다는 소문이 있었다. 노략질을 당하고 불에 탄 배들의 숫자가 적지 않았다.

서민과 민초들 사이에서 초원장의 악명은 유명했다.

하지만 초원장을 건드리지 못했다.

관청과 긴밀하게 연결되어 있어 민원을 넣어도 소용이 없었다. 오히려 민원을 넣은 사람이 잡혀가서 고문을 당하기도 하였다.

그렇다고 힘으로 물리치기에도 어려웠다. 정총에까지 가입되어 있는 문파인 동시에 초원장 자체의 무력이 상당했기 때문이었다.

특히 초원장주 가대문의 무위는 강기를 사용하는 초절정

에 이르렀다. 잔인한 성격인 그의 쌍장 앞에 피떡이 되어 쓰러진 강호인들의 숫자만 해도 백 명이 넘었다.

이한열은 초원장에 오기 전에 미리 죄를 기록한 생사첩을 보냈다. 백성과 민초를 죽고 싶을 정도로 힘들고 어렵게 만드는 초원장주 가대문의 생명을 빼앗겠다는 문서가 며칠 전에 초원장에 전달됐다. 학문에 조예가 깊은 이한열의 문장이 가대문의 잘못을 조목조목 지적하였다.

'하룻강아지 범 무서운 줄 모르는 애송이가 도착하는 즉시 죽여라! 갈기갈기 찢어서 돼지의 사료로 주고 말겠다.'

불같이 노한 가대문이 길길이 날뛰면서 생사첩을 찢어 버렸다.

막강한 무력을 지니고 있는 초원장에 싸늘한 살기가 맴돌았다. 용맹한 소속 무인들이 칼과 검을 번뜩거리면서 이한열을 기다리고 있었다.

두근! 두근!

이한열은 심장이 강하게 뛰었다.

이제 곧 싸우게 된다는 사실이 그를 흥분으로 이끌었다.

지금 순간 학자의 본능보다 전사의 피가 더욱 강렬하게 뛰었다. 최선을 다해 싸우려고 하는 지금 그가 투쟁심으로 무장했다.

손속에 자비를 두지 않으려고 하는 차가운 눈빛이 무척이나 시렸다.

싸우기 전부터 미리 철저하게 준비했다.

학자는 무턱대고 싸우는 자가 아니고, 미리 준비하는 자였다.

적어도 이한열은 그렇게 생각하고, 또 생각한 대로 실천하였다.

싸우기 위한 철저한 준비가 용기와 힘을 불러일으켰고, 사람들이 피폐해질 정도로 쥐어짜고 죽인 초원장의 무인들에 대해서 분노심이 일어났다.

저벅! 저벅!

이한열이 여유롭게 걸었다.

울창한 숲을 배경으로 고풍스럽게 세워져 있는 거대한 저택이 눈에 들어왔다. 초원장의 명성을 대변해 주는 것처럼 멋지고 아름다운 저택의 모습이었다.

활짝 열린 정문에는 날카로운 검과 도, 창을 휴대하고 있는 무인들이 경계를 서고 있었다. 그들이 절도 있게 서 있는 자세에서 날카로우면서 묵직한 기운을 뿜어내고 있었다.

초원무투단의 무인들이었다.

하류 인근에서 해적질을 하던 악명 높은 수채 하나를 초원무투단의 무인 열 명이 시원하게 박살 냈다. 소속되어 있는 무인들이 하나같이 강한 무위를 지니고 있었다. 돈 되는 일을 가장 앞장서서 하는 무장 집단이었고, 동시에 악명으로 명성이 자자했다.

"어떻게 오시었소?"

검을 들고 경계를 서고 있던 윤산호가 빈정 상한 어투로 물었다.

초원장주의 조카사위인 그는 평소 정문을 경계할 임무 따위는 맡지 않았다. 하지만 장주인 가대문의 엄명으로 인해 경계를 서야만 했다. 그래서 기분이 무척이나 불쾌했기에 입 밖으로 나온 말투가 시비조였다.

"장주님을 뵈러 왔소."

이한열이 편안한 어조로 말했다.

"너 따위가 무슨 일로?"

"미리 전갈을 보냈소만 못 들으셨소?"

정갈하면서도 화려한 비단옷을 걸치고 있는 호리호리한 문사 이한열의 모습이 너무나도 편안해 보였다. 마치 산책이라도 나온 것처럼 여유롭게 보이기에 정말로 가대문을 만나러 온 사람이라는 생각이 들 정도였다.

"말도 안 되는 소리! 들은 바가 없다."

"틀림없이 전달되었다고 들었소."

"헛소리! 오늘 찾아올 사람은 없다. 온다는 사람은……."

말을 하다 말고 윤산호의 눈동자가 희번덕거렸다.

그는 대단히 이기적이고 사악한 인간이었다.

자신이 아주 좋은 가문에서 태어났기에 하찮은 자들은 무시해도 괜찮다고 여겨 왔다. 그리고 열심히 땀 흘리면서 노력한 끝에 적지 않은 무위를 손에 넣었다. 또래 아이들 가운데에서도 발군이라는 소리를 들었다. 각종 사고를 치고 다니면서 수많은 사람들을 죽거나 다치게 만들었다.

그는 불쾌하고 기분 나쁘게 만드는 사람들에게 툭하면 검을 내질렀다. 그렇기에 생사첩을 보낸 사람이 이한열이라는 생각이 조금이나마 들자마자 바로 검을 뽑아 들었다.

채앵!

청명한 소리와 함께 허릿춤에서 검이 뽑혀져 나왔다.

"네놈이구나! 팔 하나 자르고 시작하자."

휘이익!

검이 눈부시게 허공을 갈랐다.

윤산호는 연비검이라는 별호를 가지고 있었는데, 쾌검을 화려하게 사용하기 때문이었다. 햇볕에 받아 화려하게 번쩍거리는 검신이 이한열의 오른 팔꿈치에 막 닿으려고 할 때였다.

살기!

윤산호의 죽이려고 하는 의지가 정확히 이한열에게 전달됐다. 금방이라도 팔이 검에 잘려서 뚝 떨어져 나갈 것처럼 보였다.

이한열은 이처럼 강렬한 살의를 직접 경험해 본 건 많지 않았다. 살기를 접하면서 넉넉하던 얼굴 표정이 더욱 여유롭게 변했다.

씨익!

그림처럼 매력적인 웃음이 피어났다.

서걱!

예리하게 무언가 잘리는 소리가 울렸다.

"크아악!"

팔을 움켜잡은 사내가 뒤로 정신없이 물러났다.

펄떡! 펄떡!

땅바닥에 떨어진 팔이 연신 꿈틀거렸다.

피를 흘리고 있는 팔에 날카로운 예기를 뿌리는 검이 들려져 있었다.

"네…… 네놈이……."

윤산호가 믿을 수 없다는 듯 부릅뜬 눈으로 이한열을 바라보았다. 절대로 상상하지 못했던 일이 벌어졌다. 전신을 치달리고 있는 고통과 함께 철철 뿜어져 나오는 붉은 피로 인해 금방이라도 쓰러질 것처럼 보였다. 그의 눈동자가 지진이라도 만난 것처럼 사정없이 흔들렸다.

"죽이고자 하면 죽을 줄도 알아야지."

이한열의 입에서 서늘한 말이 담담하게 흘러나왔다.

선천적으로 학구적인 이한열이지만 피에는 피, 이에는 이라는 가치관을 가지고 있었다. 은혜는 은혜로 착실하게 갚으면서 원한은 몇 배로 곱해서 갚아 줬다.

이한열의 이런 정신세계를 윤산호는 알지 못했다.

"나를 죽일 사람은 아무도 없어."

"말도 안 되는 소리! 사람은 모두 죽어. 네가 오늘 안에 없어져 버릴 거라 내 장담하지."

"닥쳐! 오늘 죽을 사람은 바로 너다."

윤산호는 불리한 걸 인정하지 않은 사람이었다. 언제나 승리하고 또 유리한 위치에 있다고 생각하였다. 지금까지 그렇게 살아왔기 때문이다. 그의 사전에 패배로 인한 죽음은 없었다. 절망적인 상황에 부딪쳐도 여전히 희망의 끈을 놓지 않았다.

퍽!

이한열의 검지가 윤산호의 미간을 꿰뚫었다.

"컥!"

답답한 단말마의 숨소리가 튀어나왔다.

옆으로 스르륵 쓰러져 가는 그에게서 더 이상 어떠한 말도 흘러나오지 않았다. 방금 전까지 생생하게 살아 있었지만 다시는 말을 할 수 없는 시체로 탈바꿈해 버렸다.

"내가 장담한다고 했잖아."

이한열은 윤산호의 칭얼거림에서 벗어났다.

잠시 뜸을 들이던 그가 주변을 둘러보았다. 어느새 주변을 초원무투단의 무인들이 빙 둘러싸고 있었다. 무질서하게 서 있는 것처럼 보였는데, 팔방과 구궁의 위치를 절묘하게 점하고 있었다.

"기다리기 지루해서 대화하고 있었는데, 아직도 멀었나?"

이한열이 물었다.

그는 일방적인 학살이 아니라 흥분되는 전투를 원하고 있었다.

비록 개망나니 성격의 윤산호였지만 정문에서 경계를 서고 있던 사람들 가운데에서는 무위가 가장 높았다.

그렇기에 초원무투단 열 명의 무인들이 초원질풍진을 짜서 이한열을 상대하려고 하였다. 은밀하게 이동하면서 이한열을 포위했다.

그런데 정작 포위를 당한 이한열이 그런 움직임을 조장하고 있었다. 그는 적들이 더 강한 힘을 내기를 원했다.

참으로 오만한 이한열이었다.

고오오! 고오오!

가아아아! 가아아아!

진의 중심에 서 있게 된 이한열에게로 바람을 동반한 강한 압박과 구속력이 가해졌다.

"오호! 팔방과 구궁을 이용해서 바람의 힘을 증폭시키다니 재미있는 수법이야. 곤의 방위에서 감으로 이동할 때 바람이 증폭하고, 화공을 익힌 저자가 진의 중추를 맡고 있어. 화공으로 바람을 자유자재로 조종하며 가감을 하는 것이군."

이한열의 눈동자가 밤하늘의 별처럼 영롱하게 빛났다. 지금까지 접해 보지 못한 기문진에 갇히면서 더욱 생생하게 마음과 몸이 살아났다. 꼼꼼하고 치밀한 분석으로 기문진의 요점을 단숨에 파악해냈다. 귀중한 가치가 있는 초원질풍진의 사소한 것까지 하나하나 뇌리에 기록되었다.

학자인 이한열은 재능이 많고 노력하는 사람이었다.

매순간 공부를 하였고, 그건 싸우고 있는 지금도 마찬가지였다.

"말도 안 돼!"

"초원질풍진은 결코 단순하지 않아."

"초원질풍진을 익숙하게 펼치기 위해서는 적어도 일 년 이상의 시간이 필요해. 단번에 알아차린다는 건 불가능이야."

초원질풍진의 방위를 지키고 있는 무인들이 경악했다.

이제 막 공격을 시도하려고 하고 있을 때, 이한열의 분석을 전해 듣고 무척이나 놀랐다. 어디 한 곳 틀린 곳이 없는 아주 예리하고 정확한 분석이었다.

참으로 비상식적이고 파격적인 이한열이었다.

진의 요체를 파악 당했다는 건 약점이 들통 났다는 것과 진배없었다. 마치 거대한 파도가 밀려와서 초원질풍진을 뒤덮는 것처럼 느껴졌다. 초원질풍진은 이한열이라는 가늠할 수 없는 파도에 뒤덮여서 수몰당하고 있는 것이었다.

"진이 흐트러지려고 하는군. 그대들은 진을 유지하면서 편안한 마음으로 공격에만 신경 쓰면 돼. 신경 쓰이는 일은 멀리하고 오로지 나를 공격하려고 집중해."

이한열이 적들에 조언해 줬다.

참견이나 관여할 수 없는 문제를 가지고 스스로 무너지는 건 참으로 어리석은 행동이다. 마음을 비우고 할 수 있는 일에 최선을 다하는 것이 현명하다. 그런 다음에 하늘에 비는 것이 바로 진인사천인명이다.

"쳐라!"

"죽여라."

"찢어서 죽여 주마."

초원무투단의 무인들이 바람을 타고 질풍처럼 움직였다. 허공으로 솟구치는 자들이 있었고, 한 마리 제비처럼 바람을 타고 흐르는 자들도 있었다. 바람의 힘을 이용해서 평소보다 몇 배로 민첩하게 움직였다.

"바람은 우리들의 친구!"

"질풍이 우리를 돕고, 질풍은 태풍이 되어 너를 가둘 것이다."

후우웅! 후우웅!

휘이잉! 휘이이잉!

초원질풍진에서 일어나는 바람이 땅에 뿌리내리고 있는 나무를 거꾸러뜨렸다. 뿌리째 뽑힌 잡초들이 자갈, 흙먼지와 함께 회오리쳤다.

휘이잉! 휘이이잉!

사나운 이빨을 드러낸 거대하고 강렬한 바람에 휩쓸려서 금방이라도 이한열이 빨려 들어갈 것만 같았다.

휘익! 휘이익!

획! 휘잇!

바람에 휩쓸린 자갈과 나뭇조각 등이 마치 비수처럼 이한열에게 꽂혀 들어갔다. 빠른 속도를 동반하고 있기에 무방비 상태에서 맞으면 뼈가 부러질 수도 있었다.

퍼퍼퍽! 퍼퍼퍼퍽!

파파팍! 파파팍!

두들겨 맞고 있는 이한열의 가슴은 터질 것만 같았다. 온

몸에서 강렬한 감각이 물밀 듯이 밀려왔다. 온 힘을 다해서 버텨 보고 있지만 너무나도 맹렬하게 몸이 부들부들 떨렸다.

아픔이 아니었다.

마병 혈혼피로 무장하고 있는 이한열에게 어지간한 공격은 통하지 않았다. 강기조차도 상처를 내기 어려운 판에 지금 공격은 솜방망이나 마찬가지였다.

전율이었다.

따스하고 감미로운 느낌이 머리에서 발끝까지 맹렬하게 치달렸다. 온몸의 피가 뜨겁게 타올랐다. 말로 표현할 수 없는 무척이나 이상야릇한 느낌이었다.

이한열은 지금 폭발 직전의 화산이었다.

가만히 침잠하고 있으면 스스로를 불태워 버릴 강렬한 불꽃이 일렁였다. 어떻게든 그 불꽃을 밖으로 돌려야만 했다. 그리고 지금 그의 눈에는 살기 어린 공격을 하는 초원무투단의 무인들이 보였다.

스팟!

심장을 도려낼 듯 날카롭고 차가운 눈빛이 쏟아졌다.

이미 손에 피를 묻히기로 한 이상 머릿속에 인의예지는 잠시 사라지고 없었다. 무정해진 이한열이 피 보기를 주저하지 않았다.

"오만한 새끼! 여기가 바로 네가 죽을 장소다."

"내년 오늘이 바로 네놈 제삿밥 먹는 날이다."

"주둥이 닥치고 죽어!"

사방과 하늘 위에서 이한열을 향해 공격이 쏟아졌다. 오랜 시간 손발을 맞춰 온 무인들답게 톱니바퀴처럼 딱딱 맞아떨어지는 절묘한 협공이었다. 어디 한 곳 물 샐 틈 없이 완벽해 보였다.

"좋은 공격이야. 하지만 압도적인 힘 앞에서 어설픈 공격은 무용지물이지."

후우우웅! 후우우우웅!

이한열의 몸에서 벌 떼 우는 용음 소리가 울렸다. 그와 동시에 태풍처럼 불어 닥치던 바람이 산들바람처럼 잔잔해졌다. 공기마저 울릴 정도로 묵직하고 가공할 기운이 태풍을 잡아먹은 것이었다.

그 기운의 진원지는 바로 이한열이었다.

부드럽고 포근하게 포용할 방법도 있었다. 이화접목에 속하는 무리 가운데 하나인 사량발천근의 무리를 이용하면 훨씬 쉽게 바람을 잠재우는 것이 가능했다. 하지만 압도적인 힘을 선보여서 바람을 굴복시켰다.

스팟!

이한열의 줄기줄기 뿜어내고 있는 눈빛에는 패왕의 기운

이 흘렀다. 이한열은 후천적으로 갈고 닦은 학자적 기질을 가지고 있는 동시에 전사이자 사냥꾼의 피를 가지고 있었다. 사냥을 하고자 하는 욕구는 선천적인 동시에 본능적인 것이었다.

카우우우! 카우우우!

사나운 기질이 본격적으로 발동하였다.

지금 순간 이한열은 적을 물리치는 전사이기도 했고, 동시에 사냥꾼이었고, 또 학사이기도 했다. 적을 공격할 마음을 먹었고 흥분된 마음으로 적들의 장점과 단점을 파악해 나갔다. 열정으로 뜨겁게 일렁이고 있는 그의 눈동자에는 행복감마저 느껴졌다.

"머리털 나고 공부만 해 왔으니, 물음에 해답을 찾기 위해서 보내 온 세월이 오래된 셈이지. 분명히 물음에는 정답이 있기 마련이야. 하지만 지금까지 살아오면서 느낀 것인데 정답 외에 다른 해답도 있다는 사실을 알게 됐어. 그것이 뭔지 아나?"

이한열이 가만히 읊조렸다.

그것은 타인과의 대화인 동시에 자신에게 묻는 물음이었다.

"그걸 내가 어떻게 아냐? 닥치고 죽으라니까."

"썩을 놈, 죽고 죽이는 싸움에서 선문답을 하고 싶으냐.

그냥 목이나 쭉 빼놓고 있어라."

"죽어!"

초원무투단의 무인들이 더욱 매섭게 달려들었다.

생뚱맞은 헛소리를 듣고 있을 여유가 그들에게는 없었다. 피부를 찌릿찌릿하게 울리는 가공할 기운을 온몸으로 느끼고 있었기 때문이었다. 단번에 이한열을 해치우지 않으면 거꾸로 당할 수도 있다는 걸 본능적으로 알아차렸다.

"그대들은 정답을 모르고 있지만 직접 행동으로 보여 주고 있군. 바로 힘으로 찍어 누르는 것이라네. 무와 협, 정의가 있다고 하지만 힘 앞에서는 무용지물이 되는 경우가 허다하지. 정의가 강한 것이 아니라 이기는 자가 강한 것이야. 그리고 강함을 지금 증명하지."

그는 지금까지 한 그루의 나무였다.

나무였기에 움직이지 않았다.

몸은 움직이지 않았지만 정신은 움직이고 있었다. 초원무투단 무인들이 펼치고 있는 무공들을 보면서 장단점을 파악하였고, 초원질풍진을 보면서 새로운 걸 체득했다. 초원무투단의 움직임 하나하나가 모두 이한열의 자양분이 되었다.

휘이익! 휘익!

쉬이잇! 쉬이이익!

사방과 하늘 위 두 곳, 총 여섯 방위에서 무인들이 맹렬하게 달려들었다. 기다랗고 뾰족한 쇠막대기인 검과 도, 창들이 매섭게 번뜩거렸다. 여섯 개의 살상 금속 무기들이 이한열의 몸에 꽂히려고 난리쳤다.

무인들의 진기를 듬뿍 머금은 병기들이 허공을 날면서 어지럽게 꿈틀거렸다. 폭포처럼 쏟아지는 공격들이 빠르게 번뜩거리면서 이한열의 지척 지근까지 쇄도했다.

"아악!"

"커억!"

"악!"

여섯 마디의 비명 소리와 함께 초원무투단의 무인들이 튕겨지듯이 이한열에게서 멀어졌다. 하나같이 붉은 피를 뿌리면서 날아갔다. 그런 그들은 더 이상 숨을 쉬고 있지 않았다. 단번에 여섯 명의 무인들이 저승으로 떠나 버렸다.

일순간에 상황이 바뀌어 버렸다.

스륵!

하늘을 향해 뻗은 이한열의 오른손 소맷자락이 천천히 중력에 의해 밑으로 내려왔다. 바람을 타고 가볍게 펄럭이는 소맷자락 사이로 여인의 것처럼 가녀린 손목이 모습을 드러냈다.

일수로 여섯 명을 죽인 손이었다.

"헉! 어떻게?"

"눈에 보이지도 않았어."

"상대가 아니야."

살아남아 있는 초원무투단의 무인들은 공격하려다 말고 빠르게 멈췄다. 압도적인 힘을 선보인 이한열을 보고 공포에 빠져든 것이다. 진정한 강자를 몰라봤다는 자책과 함께 괜히 덤벼들었다는 극도의 반성을 했다.

나쁜 짓거리를 일삼은 그들은 본능에 무척 민감했다.

덤벼 봐야 부질없다는 걸 알게 되면서 한 명이 재빨리 굴복하기로 마음을 먹었다.

"잘못했습니다. 항복하겠습니다."

툭!

그가 무릎을 꿇는 동시에 손에 들고 있던 검을 멀리 집어던졌다.

"앞으로 나쁜 짓을 하지 않겠습니다."

"제가 원해서 한 것이 아닙니다. 모두 초원장주가 시켜서 어쩔 수 없이 한 일입니다."

살아남은 다른 무인들도 굴복했다.

죽이려고 맹렬하게 달려들다가 불리함을 깨닫고 재빨리 태도를 달리하는 그들의 모습이 마치 한 편의 경극 같았다.

피식!

이한열이 자기도 모르게 웃고 말았다.

그의 몸에서 뿜어져 나오던 싸늘한 기운이 풀려 버렸다.

"자네들을 믿네. 선인께서 죄는 미워해도 사람은 미워하지 말라고 하셨지."

"옳은 말씀이십니다."

"하지만 사고를 친 죄는 응분의 대가를 치러야 하겠지."

이한열의 말에 네 명의 무인들 얼굴이 찌푸려졌다. 편안하게 넘어갔으면 하는 바람이 있었는데, 그것이 무산되었기 때문이었다.

"안으로 들어가시면 가장 큰 죄악 덩어리인 초원장주 놈이 있습니다. 그놈을 먼저 처리하심이 어떤지요?"

"오늘 할 일을 내일로 미루면 안 되는 것처럼 지금 해야 하는 쓰레기 처리는 곧바로 해야지."

이한열의 손가락을 튕겼다.

찌이익! 찌익!

찍! 찌이익!

엄지를 제외한 네 개의 손가락에서 뿜어져 나온 무형의 기운들이 무인들의 단전을 가격했다.

이한열이 악행을 저지르고 자신의 생명까지 빼앗으려고 했던 적들의 책임을 물었다. 목숨을 빼앗지는 않았지만 악행을 일삼던 힘을 빼앗는 현실적인 처벌이었다.

"크아악!"

"으으으으! 단전에서 진기가 사라지고 있어."

"아아아악! 삼십 년 세월 동안 축적한 진기가 빠르게 소멸하고 있다. 환장하겠다."

"악독한 놈! 차라리 죽여라."

단전을 파괴당한 자들이 아픔과 슬픔, 원망을 마구 토해냈다. 마지막에 부르짖는 한 사내는 이한열을 원독에 찬 시선으로 바라보았다. 이는 다른 자들도 크게 다르지 않았는데, 다만 다른 점은 직접 입 밖으로 표출하지 않았다는 사실이었다.

퍼억!

죽이라고 부르짖고 있는 사내가 일순 피를 뿌리면서 뒤로 넘어갔다.

털썩!

통나무처럼 둔탁하게 쓰러진 사내는 더 이상 숨을 쉬지 않았다.

"원하는 대로 해 줬으니 불만 없이 저승으로 떠났겠어."

이한열이 서늘한 눈빛으로 살아남은 자들을 응시하였다.

단전을 파괴한 일 처리에 불복하면 지금 당장 목숨을 빼앗겠다는 경고이자 선언이었다.

툭!

투욱!

차가운 시선을 접한 사내들이 고개를 푹 떨어뜨렸다. 무서워서 감히 이한열의 시선을 마주 보지 못했다. 금방이라도 목숨이 사라질 것만 같았다.

부들부들!

그들이 두려움으로 몸을 떨었다.

개똥밭을 굴러도 이승이 나은 법, 비록 무인의 삶을 잃어버렸지만 살아갈 수는 있었다. 그러나 어떻게 사느냐에 따라 죽는 것이 차라리 나을 때도 존재했다.

이한열은 초원장 무인들을 그냥 편안하게 방치할 생각이 눈곱만치도 없었다. 처음으로 처리하는 강호의 세력이었기에 본보기로 철저하게 손을 댈 작정이었다.

그는 지금 맹수를 사냥하는 사냥꾼이었다.

초원장의 무인들은 일반 맹수가 아니었다. 사람의 피 맛을 본 비열한 맹수들이었기에 더욱 철저한 처벌이 요구됐다. 어설프게 처리하면 차후에 여러 번 되풀이해서 손을 써야만 했다.

그렇기에 이한열이 처음부터 잔혹할 정도로 무정하게 손을 썼다.

"죄송합니다."

"앞으로 착하게 살겠습니다."

"살려만 주신다면 뭐라도 하겠습니다."

세 명의 무인들은 어떻게든 살아남으려고 고개를 땅에 닿을 정도로 조아렸다.

"착하게 살 필요 없어. 지금처럼 살아도 상관없어."

"네?"

"무슨 말씀이신지……."

"그대들은 감옥행이야. 저지른 죄의 경중에 따라 엄중한 법의 처벌이 결정될 거야."

이한열은 살아남은 무인들 전부를 감옥에 보내 버릴 작정이었다. 만약 냉엄한 법의 심판이 없다면 감옥에 보내지 않고 즉결심판으로 처리하려고까지 했다. 하지만 모든 사람을 죽일 수는 없는 노릇이었다.

"감옥에 가겠습니다."

"법의 판결을 겸허한 마음으로 받아들이려고 합니다."

사내들이 기꺼이 감옥행을 받아들였다.

현령은 초원장과 긴밀한 관계를 유지하고 있었다. 초원장이 벌어들이고 있는 이익 가운데 일정한 금액이 매달 현령에게 전달됐다.

"기꺼운 마음으로 간다고 하니 내가 미리 알려 주지. 비리를 저지른 현령은 이미 안찰사에 의해 잡혀갔다네. 지금쯤이면 숨겨진 죄를 추궁 받으면서 고문당하고 있을 거야."

"헉!"

"진짜입니까?"

"대체 당신이 누구이기에 현령까지 처리할 수 있단 말입니까?"

현령을 믿고 감옥행을 받아들였던 사내들의 얼굴이 시커멓게 변해 버렸다. 그런 그들은 이한열의 정체가 너무나도 궁금했다.

"문화전대학사라네. 문화전대학사라고 하면 모를 수도 있겠군. 과거에 급제한 진사인데, 지방의 현령 정도는 우습게 날려 버릴 수 있는 관직에 올라 있다네. 관직을 걸고 약속하는데 자네들에게 냉엄한 법을 제대로 느끼게 해 주지."

득의만만해하던 무인들의 마음을 처참하게 짓밟기 위해 이한열이 친절하게 설명해 줬다.

쥐새끼!

이한열이 조정과 무림을 좀먹고 있는 쥐새끼들을 처리하는데 주저하지 않았다. 사방 천지에 쥐들이 깔려 있는데, 이를 방치하면 결국 곳간이 모두 털린다. 조정과 무림을 풍요롭게 하기 위해서는 쥐새끼들은 박멸시켜야 했다.

"관직에 있는 분께서 왜 무림문파인 초원장을 공격하시는 건지요?"

"관과 무림은 서로 간섭을 하지 않는다는 불문율이 있습니다."

"이건 불법입니다."

무인들이 어떻게든 이한열의 마수에서 벗어나려고 발버둥 쳤다. 이대로 끌려갔다가는 큰일이 난다는 걸 완전히 깨달았다.

"쯧쯧쯧! 잘못 알고 있군. 하늘 아래 어떤 사람이나 단체도 결코 대명 황실에서 자유로울 수 없음이야. 강호라고 해도 예외가 될 수는 없지. 자네들의 말에는 모순이 있어. 강호인이라고 해서 감옥에 갇히지 않는 줄 아나? 감옥에서 콩밥을 먹는 강호인들의 수가 적지 않아. 자네들도 이제 거기에 머릿수를 보태는 것이지."

이한열이 차분하게 설명해 줬다.

초원장을 처리하러 왔지만 그는 서둘지 않았다.

작은 것인 정문에 있는 무인들부터 처리하려고 했고, 이것을 점점 발전시켜 나가려고 했다.

휘이잉! 휘이잉!

바람이 불어왔다.

소나무를 비롯한 향긋하면서 신선한 숲의 향기가 바람에 실려 있었다. 하늘 높이 쭉쭉 자란 숲의 풍경이 무척이나 아름다웠다.

점점 차갑게 식어가는 시체들에서는 붉은 피가 여전히 흘러나왔다. 비릿한 피의 냄새가 퍼져 나갔다. 숲의 냄새와 뒤

섞이면서 묘한 분위기를 풍겨 냈다.

돌처럼 딱딱하게 굳어 가는 시체들과 무릎 꿇고 있는 사내들 앞에 오롯이 선 이한열의 두 눈이 여전히 밝게 반짝반짝 빛나고 있었다.

'좋았는데……'

이한열은 방금 전 일수를 펼칠 때 경험한 감촉을 지금도 여전히 느끼고 있었다. 수많은 변화가 섞인 합공을 일수에 박살 내면서 짜릿함을 경험했다.

'초원장 안에는 어떤 즐거움이 있을까?'

이한열이 나른하면서 몽환적인 시선으로 초원장을 바라보았다.

저벅! 저벅!

그가 들뜬 마음으로 초원장 정문을 향해 걸었다.

멀어져 가는 이한열을 보면서 무릎 꿇고 있던 세 명의 사내가 움직이려고 했다.

'도망치자.'

'초원장은 망했어. 살길 찾아서 떠나자.'

'좋아.'

사내들이 입을 벙긋거리면서 의사를 나눴다. 말을 하지 않아도 이심전심으로 대화가 분명하게 통했다. 이대로 가만히 앉아서 감옥으로 잡혀갈 수는 없는 노릇이었다.

"아! 도망가다 잡히면 죄가 추가돼. 잠시 뒤에 올 병사들에게 얌전히 오랏줄을 받는 것이 좋을 거야. 재수 없으면 창에 꿰뚫린 꼬치가 되어 죽어갈 수도 있어."

이한열이 도망치려고 꿈틀거리는 사내들의 움직임을 느끼고 조언해 줬다.

안찰사가 지원해 준 병사들이 초원장을 완벽하게 포위했다. 이한열의 신호가 있으면 벌떼처럼 달려들어 남아 있는 사람들을 잡아갈 계획이었다.

엄격하게 법을 적용하면 안찰사 역시 이번 초원장 비리에 함께 굴비 엮이듯 포함돼야 했다. 초원장이 현령에게 준 뇌물이 흐르고 흘러 안찰사에까지 전해졌다.

제대로 생각이 트인 관리는 뇌물을 받아서 결코 혼자 먹지 않는다. 위와 아래에 두둑하게 기름칠을 하면서 일신의 안위를 챙겼다. 그래야 유사시 뇌물 비리 사건이 터져도 위와 아래의 지원을 받아 살아남는다. 혼자서 먹다가는 언젠가 사단이 일어나고야 만다.

이한열이 뇌물로 받은 돈을 주변에 널리 퍼트리는 것과 같은 이치였다.

'안찰사를 건드리면 골치 아파져.'

이한열이 건드리려고 마음먹으면 안찰사도 감옥에 보낼 수 있었지만 의도적으로 거부했다. 새끼가 다치면 어미가 나서는 법이다. 병권을 가지고 있는 안찰사는 대부분 황실과 조정에 든든한 배경을 지니고 있었다. 북경에서 떠나온 지금 안찰사의 배경 인물들과 싸우기에는 여러 가지 문제점이 많았다.

강호로 나왔지만 여전히 이한열은 황실과 조정의 영향을 많이 받았다.

第六章

생사첩

닫혀 있는 초원장 정문은 일개 저택치고는 삼 장 높이에 달할 정도로 웅장했다. 검은 색으로 선명하게 칠해져 있는 정문이 묵직한 위압감을 풍겼다.

턱!

이한열이 정문 앞에 오롯이 섰다.

그는 그동안 집필해 온 소설의 내용을 절대 잊지 못한다. 특히 주인공들의 행보와 마음을 절실하게 이해하고 있었다. 주인공들은 이한열의 또 다른 자아였다.

그런 자아들 가운데 한 명은 강호행 와중에 지금처럼 홀로 적들이 우글거리는 장원을 방문하였다. 꽉 막혀 있는 장원의 문을 본 주인공이 일수에 시원하게 박살 내 버렸다.

"오늘은 내가 주인공이다."

이한열이 가볍게 우수를 내저었다.

콰아아앙!

벼락 터지는 소리와 함께 두터운 나무문이 종잇장처럼 그대로 터져 나갔다. 갈기갈기 박살이 난 파편들이 사방으로 마구 비산하였다.

끼이익! 끼이이익!

나무문을 지탱하고 있던 지붕을 비롯한 벽 등의 구조물들이 울부짖었다. 가공할 충격을 이기지 못하고 쩍쩍 갈라지는가 싶더니 이내 무너졌다.

쿠우웅! 쿵!

콰아앙! 쾅!

요란한 소리와 함께 초원장의 자랑 가운데 하나인 정문이 폐허로 바뀌어 버렸다.

저벅! 저벅!

흙먼지가 자욱하게 피어나는 가운데 이한열이 폐허 위를 걸었다. 그때마다 박살이 나서 바닥에 뒹굴고 이는 파편들이 발밑에서 으스러졌다.

"손님을 영접할 성대한 준비가 되어 있었군."

이한열이 즐거운 음성으로 말했다.

정문 뒤에 배치된 넓은 정원에는 팔방과 구궁의 방위를 점하고 있는 백여 명의 무인들이 있었다. 그들이 살기 어린 눈빛으로 이한열을 노려보았다. 한 자루 검처럼 예리한 기운들을 뿜어내고 있었는데 격돌하기 전부터 단전의 진기를 뿜어내고 있다는 반증이었다.

그들은 초원질풍진을 펼치고 있었다.

정문에서 열 명이 펼친 초원질풍진은 작은 소진이었고, 지금 정원의 진은 큰 대진이었다. 사실 초원질풍진이 그렇게 약한 기문진은 결코 아니었다. 제대로 발휘되면 순수하게 강기를 뿜어내는 고수도 결코 무사하지 못했다.

고오오오! 고오오오!

카우우우우! 우우우우우!

묵직하게 전달되어 오는 강력한 초원질풍진의 기세를 접한 이한열은 깊은 감동을 받았다. 어설프지 않고 제대로 만들어진 기문진의 위력을 직접 경험할 생각을 하니 벌써부터 마구 흥분됐다.

만약 일반인이었다면 피를 토하면서 찌부러져 죽었고, 어지간한 무인이라고 해도 몸이 거의 마비될 지경의 압박이었다. 대다수 무인들이라면 위험을 느끼고 먼저 선제공격을 하게 된다. 완벽하게 구동되는 기문진의 위력은 참으로 대단했다.

하지만 이한열은 달랐다.

'재미있구나. 어디까지 강해질까?'

먼저 달려들지 않고 이한열이 점점 강력해지고 있는 초원 질풍진을 가만히 바라보았다. 피부를 콕콕 찔러오는 기세가 무척이나 감미로웠다.

'힘으로 박살 내도 재미있고, 이치적으로 풀어도 재미있겠어.'

이한열은 피가 뜨겁게 타올랐다.

그가 투쟁심과 학구열이 동시에 끓어오르는 걸 느끼면서 어떤 선택을 할지 즐겁게 고민했다. 바로 이런 즐거움을 강호에서 원하고 있었다.

"자네가 생사첩을 보낸 사람인가?"

"그렇소."

"음! 지금이라도 돌아가면 없던 일로 해 줄 수 있소. 물론 그냥 입을 씻는다는 건 아니오. 적절한 보상을 생각할 테니 돌아가시오."

잔뜩 긴장한 표정이 가대문이 이한열을 뚫어져라 주시하면서 말했다.

가대문의 별호는 환영쾌검으로, 검술의 갈래인 환검과 쾌검에 무척이나 달통한 초절정 무인이었다. 강기를 줄기줄기 뿌리는 그의 검을 인근에서는 제대로 받을 무인이 많지 않았다. 적수가 없어 지금까지 거의 제왕처럼 지내 왔었기에 오만한 성격이었고 타인에게 쉽게 머리를 숙이지 않았다.

영약들을 많이 섭취한 그는 오십 대라고 하지만 이십 대처럼 건장하고 탄탄한 체격을 지니고 있었다. 초절정에 이른 경지이기에 노화를 강제적으로 멈추고 젊은 상태를 유지시켰다. 비록 약간의 진기 손실이 있지만 육체적인 힘을 최고조로 발휘할 수 있었기 때문에 이득을 보는 부분도 많았다.

사실 그는 침실에서 고리대금을 갚지 못한 집안의 딸내미를 희롱하고 있다가 비상 보고를 받고 재빨리 정문 앞으로 내달려 왔다. 경각심을 가지고 진기를 잔뜩 끌어올려 신체 능력을 비약적으로 상승시켰다. 십 장 밖의 작은 소리까지 들을 수 있게 되었기에 정문에서 벌어지고 있는 이야기를 들을 수 있었다.

진사 출신의 문화전대학사가 안찰사의 병력까지 동원하여 초원장을 공격하고 있다는 사실에 거대한 충격을 받았다. 황실과 조정에 찍히면 초원장이라고 해도 결코 무사하지 못했다.

그렇기에 가대문이 이한열에게 은근하게 회유책을 제시했다.

게다가 더욱 무서운 건 정문을 사이로 뼈저리게 느껴지던 막강한 기세였다. 일대를 완전히 메울 정도로 강대무비하게 솟구친 기운을 접했을 때는 모골이 섬뜩했다. 초절정에 도달한 가대문이 감당할 수 있는 기운이 결코 아니었다.

"생사첩을 보냈지 않은가? 생과 사를 두고 싸운 다음에 스스로 돌아가겠네. 보상도 알아서 적당히 챙길 테니 걱정하지 않아도 되네."

이한열이 정답게 알려 줬다.

지금 그의 성질은 포악했다. 이미 붉은 피를 본 이상 죽이려고 한 존재를 놔주지 않았다. 한 번 겨냥한 상대와는 끝장을 볼 생각이었다.

"주는 상을 마다하고 벌을 청하다니 어쩔 도리가 없군."

심성을 죽이고 굴복한 채 자비를 빌던 가대문의 눈에서 흉악한 살기가 뿜어졌다. 안 좋은 쪽으로 상황이 흘러갔기에 필사적으로 이한열을 죽여야만 했다.

"초원질풍진 발동!"

가대문이 진 안으로 들어가면서 외쳤다.

"비굴하게 나오지 말고 사나워야 밟는 재미가 있지."

이한열이 위협적으로 나오는 가대문과 초원질풍진을 보면서 환하게 웃었다. 가만히 목을 내밀고 있으면 손을 쓸 때 곤혹스럽고 불편한 것이 사실이었다. 하지만 사납게 으르렁거리면 때리는 재미가 쏠쏠했다.

우우웅! 우우우웅!

카아아아! 카아아아아!

초원질풍진이 거대한 폭풍이 되어 사납게 으르렁댔다. 날카롭게 휘몰아치는 바람에는 칼날과도 같은 예기가 섞여 있었다. 스치기만 해도 살과 뼈가 갈라질 정도였다. 폭풍과 바람에 휘말리면 갈기갈기 찢겨서 살점조차 남기지 못한다.

"감에서 곤으로 가는 기운이 약하네. 번개처럼 과감하게 기운을 쏟아 내야 바람이 강렬하게 밀어닥치지. 리에서 건으로 갈 때는 사나우면서도 예기를 동반하고 있어야 해. 거칠면서도 섬세한 정제가 필요하다고."

이한열이 눈에 보이는 단점에 대해서 지적했다.

어투가 무척이나 부드러웠는데, 남들이 들으면 선생님이 제자들에게 자상하게 이야기하고 있는 것처럼 느껴질 정도였다.

그의 뇌리에는 정문에서 보았던 초원질풍진이 그림처럼 선명하게 남아 있었다. 그의 말처럼 움직이면 초원질풍진의 위력이 적어도 삼 할 이상 올라갔다.

부족하고 잘못하는 부분을 보는 이한열의 눈에는 애틋함이 섞여 있었다. 체질적으로 학사였기에 잘못 하고 있는 걸 지적하고 개선하는 모습을 보고 싶었다.

그것이 적대감을 가지고 공격하는 적이라고 해도 말이다.

"닥쳐라. 감당할 수 없으니 잘못된 정보를 줘서 초원질풍진의 흐름을 흩어뜨리려고 하는 것을 누가 모를 줄 아느냐! 헛소리하지 말고 죽어."

가대문은 이한열이 무척 역겨워 보였다. 죽고 죽이는 싸움에서 적에게 조언을 한다는 건 있을 수가 없는 일이라고 생각했다.

"쯧쯧쯧! 알려 줘도 눈과 귀를 닫고 살다니, 맹인이자 귀머거리로구나."

안타까워하는 어조로 이한열이 말했다.

좋은 걸 알려 줘도 받아들이지 않으면 소용없었다.

"환일섬참!"

"뇌전일검!"

"필살수라도!"

질풍을 탄 초원장의 무인들이 눈 깜짝할 새에 도착하여 이한열에게 공격을 퍼부었다. 몸에 여력을 남겨 놓지 않은 필사적인 공격이었다. 오랜 시간을 끌면 불리하다는 걸 잘 알고 있는 가대문이 최선을 다해 단숨에 끝장내라고 미리 명령을 해 둔 상황이었다.

"해시신검! 어시사검!"

폭발적으로 움직이고 있는 초원질풍진 안에 숨은 가대문이 환검과 쾌검을 동시에 선보였다.

질풍처럼 빠른 쾌검이 발검과 동시에 검강으로 피어나 이한열의 가슴으로 쇄도하였고, 환영처럼 피어난 유형의 검강들이 이리저리 부유하면서 종잡을 수 없는 변화를 일으켰다.

위협적인 적 이한열에게서 가대문이 철저히 자신을 챙겼다. 가장 강한 무력을 지녔으면서 최전선에서 싸우지 않고 초원질풍진의 보호를 받고 있었다. 부하들이 죽건 말건 상관하지 않고 안전하게 이한열을 죽이려는 의도였다.

"이기적이구나. 하지만 나쁘지 않아. 약하면 이용할 수 있는 건 모두 이용해서 적을 공격해야겠지."

이한열은 가대문의 마음을 단번에 알아차렸다.

높은 위치에서 내려다보고 있었기에 여전히 제자리에서 편안하게 대처하고 있었다. 죽고 죽이는 전장에 서 있었지만 마치 산책을 나온 것처럼 여유로웠다.

보는 사람 입장에서는 복장이 터질 수 있어도 강자만이 가질 수 있는 낭만이었다.

'좋지 않아.'

그런 광경을 목격하고 있는 가대문은 불길함에 몸서리를 치고 있었다. 비록 공세를 펼치고 있었지만 그의 얼굴이 딱딱하게 굳어 있었다. 입 밖으로 외치고 있는 승리에 대한 갈구의 소리는 부하들의 사기 진작을 위해서였다.

'공격해 보고 통하지 않으면 도망쳐야 한다.'

초절정의 무위를 가진 그는 고수가 얼마나 위험한 존재들

인지 잘 알았다.

만들어진 강기가 아닌 순수한 강기를 마구 뿌릴 수 있는 화경의 고수들은 그 밑의 무인들에게 재앙이나 마찬가지였다.

'최소한 화경이다.'

이한열을 바라보고 있는 가대문의 눈꺼풀이 요란하게 흔들렸다. 불리한 위치에 있다는 걸 자각하고 있었기에 언제라도 꽁무니를 뺄 준비를 하였다.

가대문은 사실 화경의 고수에게 초원질풍진이 통할지 장담할 수 없었다. 초원질풍진이 만들어진 건 채 십년이 지나지 않았고, 화경의 고수와 격돌해 본 적이 없었다.

기문진을 만든 진법가 귀산서생은 애매모호한 말을 남겼다. 초원질풍진 대진이 완벽하게 운용될 경우 초절정고수라면 가볍게 찜 쪄 먹을 수 있고, 화경의 고수는 통할 수도 있고 그렇지 않을 수도 있다고 하였다. 한마디로 어떻게 될지 모른다는 무책임한 말이었다.

결과가 어떻게 나올지는 금방 드러나게 된다.

그리고 곧 그 증거는 비명 소리로 극명하게 나타났다.

"케엑!"

"켁!"

"크아악!"

비명을 토한 초원장의 무인들이 튕겨져 나갔다.

비명 소리가 그들이 이승에 마지막으로 남긴 음성이었다.

죽어 가는 부하들을 뒤로하고 가대문의 강기들이 벼락처럼 이한열에게 내리꽂혔다.

스윽! 슥!

환검과 쾌검으로 만들어 낸 강기를 향해 이한열이 양손을 내뻗었다. 우수가 부드럽게 움직이면서 사방에서 쇄도하는 환검의 강기들을 맞이했고, 좌수가 가슴으로 쇄도하는 쾌검의 강기를 상대했다.

퍼엉! 펑!

콰앙! 쾅!

손과 강기가 부딪치면서 폭음이 요란하게 터졌다.

강기들이 터지는 사이로 하얀 손이 모습을 드러냈다. 강기를 직접 맞닥뜨린 깨끗한 손 어디에서도 생채기가 보이지 않았다. 단지 손만을 내밀어서 강기를 박살 내 놓았다.

'강하다.'

죽어 가는 부하들을 보는 가대문의 얼굴이 창백하게 변했다.

초원질풍진은 나름 괜찮은 진법이었지만 상대가 너무나도 나빴다. 이한열에게 어떠한 위력도 보이지 못하는 건 속속들이 파악을 당했기 때문이었다. 진법을 잘 알고 있는 이한열인

데다가 혈혼피로 반 금강불괴의 경지에 올라서 있었다. 질풍이 힘을 발휘해야 위력적이었는데, 애초부터 막혀 버렸다.

슉!

이한열이 오른쪽에서 달려드는 적의 머리를 가볍게 어루만졌다.

"놈!"

질풍을 등에 업은 무인이 빠른 속도로 인해 이한열의 뒤로 지나가면서 울컥했다. 재빨리 몸을 돌리면서 재차 공격을 가하려고 했다.

퍼억!

무인의 머리가 산산이 박살 났다.

내가중수법!

몸에 기운을 심어 넣어 가공할 파괴력을 발휘하는 잔혹한 공격 수단이었다.

"역시 생각처럼 이뤄지는구나."

이한열이 잔인한 광경을 지켜보면서 천진난만하게 말했다. 그는 그동안 익혀 왔던 무공과 무리들을 초원장 무인들을 상대로 시연하고 있었다. 죽어 가는 사람들의 모습을 지켜보면서 확실하게 기억했다. 한 명에게만 그치는 것이 아니라 여러 명에게 내가중수법을 시전했다.

표본이 한 명이면 오류가 일어날 수도 있었다.

그런 오류를 방지하기 위해 열 명을 상대로 내가중수법을 펼쳤다. 그 결과 초원장 무인들 열 명의 머리가 수박 터지듯 박살 났다.

잔인했다.

압도적인 무력을 바탕으로 똑같이 잔혹한 일을 반복한 건 마치 실험용 쥐를 가지고 실험한 것이나 똑같았다. 당하는 입장에서는 복장이 터질 지경이었다.

"시체를 훼손하지 않고 충분히 죽일 수도 있거늘 왜 잔혹한 손속을 펼치는 것이냐?"

"천벌을 받을 것이다."

초원장 무인들이 발광했다.

내가중수법에 당해 죽은 사람들이 겉으로 보면 똑같을지 몰라도 이한열에게는 비슷할 뿐 같지는 않았다.

"몸에 주입하는 기운에 따라 죽는 시간이 달라진다. 기운을 조절하면 오랜 시간을 두고 괴롭히며 죽일 수도 있겠어."

이한열이 다른 점을 이야기해 줬다.

열 명의 무인들을 상대로 미세하게 진기의 양을 조절했다.

그 결과 약간의 차이를 두고 무인들의 머리가 박살 났다. 적은 진기에 당한 자는 말을 몇 마디 할 정도로 늦게 죽었고, 많은 진기에 당한 자는 즉사하였다.

"똑같아. 네놈도 잔혹하게 죽여 주마."

"미친놈! 사지를 갈기갈기 자르고, 살은 모두 포를 떠서 회쳐 주마."

친하게 지냈던 동료의 죽음에 초원장 무인들이 분노했다. 지인의 죽음 앞에 분노하지 않을 사람은 없었다. 복수에 정신이 팔려 더욱 매서운 공격을 뿜어냈다.

"죽음은 죽음일 뿐이다. 어떻게 죽느냐는 패자가 아닌 승자의 선택일 뿐이야. 그걸 두고 이러쿵저러쿵 떠드는 건 도리에 맞지 않아."

이한열은 초원장에서 무엇을 할지 정해 놓았다.

계획된 일들을 하는 데 있어 전혀 주저함이 없었다.

그것들 가운데에는 익혀 왔던 무공 시현과 함께 초원장 무인들의 비참한 죽음도 포함되어 있었다.

계획대로 밀고 나가려는 이한열과 복수하려는 초원장 진영의 의지가 팽팽하게 맞섰다. 이한열은 여러모로 이득인 실험을 계속하려고 했고, 초원장 진영에서는 실험을 중지시키는 걸 뛰어넘어 이한열을 죽이려고 했다. 그렇게 서로 다른 생각을 가진 그들은 의지를 불태우면서 서로의 운명을 걸었다.

"우리는 초원장이다. 이따위로 밀려날 집단이 아니야."

"우리의 막강한 힘을 보여 주자."

"힘을 하나로 합치면 적은 한 명뿐이니, 충분히 쓰러뜨릴 수 있어."

초원장 무인들이 물러서지 않고 물밀 듯이 밀려닥치면서 연환 공격을 펼쳤다. 악에 받친 그들이 몸의 기운을 남김없이 뽑아 움직였다. 폭발적으로 빠르게 질주하였고, 강철도 단번에 잘라 낼 예리한 검기와 도기를 뿜어냈다.

"의지를 불태우는 건 좋아. 하지만 처음과 비교해 볼 때 크게 나을 것은 하나도 없는 것 같군."

이한열이 냉정한 눈으로 쇄도하는 적들의 무위를 품평했다. 미세하게 달라진 부분이 있기는 했지만 이한열의 위치에서 내려다볼 때 거기서 거기였다.

"더 이상 새로운 것도 보이지 않으니 빠르게 결말을 보는 편이 좋겠지."

찌이익! 찍!

찍! 찌이익! 찌익!

이한열의 좌수가 활짝 펼쳐지면서 기이한 소리를 냈다. 다섯 손가락에서 눈에 보이지 않는 무형의 지강이 튀어나왔다. 무형십신지였다.

지공의 일종인 무형십신지는 한 손으로만 펼칠 수 있었다. 다섯 손가락을 이용해서 지공을 펼치는데, 최고의 경지에 이르면 한 손가락에서 두 가닥의 지공을 뿜어낼 수 있다. 그렇기에 무형오신지가 아닌 무형십신지였다.

"악!"

"크아악!"

"보이지 않아서 피할 수가 없어. 아악!"

"커헉!"

"어머……니. 윽!"

세상을 떠나가면서 마지막으로 남긴 다섯 명의 음성이었다.

찌이익! 찍!

찍! 찌이익! 찌익!

기이한 소리와 함께 이한열의 좌수가 연신 펼쳐졌다.

지강이 걸리는 부분은 머리와 가슴, 사타구니, 다리 등 가리지 않고 뚫렸다. 순수한 강철도 두부처럼 꿰뚫는 지강 앞에서 인간의 육체는 연약할 뿐이었다.

초원장 무인들이 제대로 힘 한 번 쓰지 못하고 마치 통나무처럼 쓰러져 갔다. 무형의 지강을 피하기 위해 이리저리 움직여 다녔지만 소용이 없었다. 이한열의 좌수가 활짝 펼쳐질 때마다 다섯 명의 몸에 구멍이 뻥뻥 뚫렸다.

도처에서 비명이 울렸다.

방금 전까지만 해도 이길 수 있다는 의지가 충만했지만 이한열의 학살 앞에서 싸늘한 정적만이 감돌았다. 초원장 무인들의 얼굴이 시커멓게 죽거나 아니면 창백해졌다. 지독한 공포와 두려움이 밀려왔다.

"으_으_으! 상대할 수 없는 고수야."

"도저히 이길 수 없어."

"싸우기 싫어. 도망칠 거야."

무인들이 이한열에게서 점차 거리를 두기 시작했다. 미약한 승산이라도 있어야 목숨을 내던지면서 싸우는데, 이건 아예 가능성이 보이지 않았다. 무조건적인 죽음 앞에서 더 이상 이빨을 드러내지 못했다.

"도망쳐도 죽는다. 죽고 싶지 않으면 단전을 스스로 깨라. 그것만이 유일한 살길이다."

이한열이 초원장 무인들에게 살길을 열어 줬다.

하늘에서 구생의 동아줄이 내려온 것이지만 일부 무인들은 격렬하게 반항했다. 무인으로 살아왔던 강호인들에게 단전이란 생명이나 마찬가지였다. 죽으면 죽었지 단전을 파괴하고 싶지 않았다.

"그럴 수는 없어."

"단전은 목숨이나 마찬가지야."

"나는 도망치는 길을 선택하겠어."

사방팔방으로 무인들이 도망치기 시작했다. 공격할 때도 마찬가지였지만 참으로 호흡이 잘 맞았다. 이한열을 중심으로 해서 부챗살 모양으로 멀어지고 있었다.

"내 시야에 들어온 이상 도망간다는 건 무리이지."

이한열은 목어의 단계에 이르러 있었다.

이기어검에는 세 가지의 단계가 존재한다.

손으로 어검하는 수어검!

눈으로 어검하는 목어검!

마음으로 어검하는 심어검!

마음의 경지에 이르지는 못 했지만 눈의 단계에는 도달한 이한열의 시야에 들어오면 동등한 실력을 지니지 않는 한 벗어나기가 어려웠다.

찌이익! 찍!

찍! 찌이익! 찌익!

이한열의 좌수가 세 번에 걸쳐서 펴졌고, 도망가는 무인들에게 지강이 쇄도했다. 거리가 멀고 방위가 분산되었다고 해도 지강의 움직임에는 아무런 지장이 되지 못했다. 지강은 이한열의 의사에 따라 속도와 방위에 있어 자유자재로 변화가 가능했다.

"크아아악!"

"케에엑!"

"아악!"

단말마의 비명 소리가 가마솥에 콩 볶는 것처럼 요란하게 울렸다. 도망을 치던 사람들이 일제히 허우적거리면서 땅에 쓰러졌다. 그들의 머리에는 하나같이 구멍이 앞뒤로 뚫려 있었는데, 그곳을 통해 뇌수와 피가 흘러나왔다.

입 밖으로 내뱉은 말을 지킨 이한열이 서늘한 시선으로 남아 있는 무인들을 응시하였다.

백여 명의 무인들 숫자가 어느새 스물 아래로 떨어져 있었다. 정확하게 열일곱 명이 도망칠 생각도 하지 못한 채 두려움과 공포에 찌들어 있었다.

"한 단체의 장이라면 솔선수범해야 할 텐데, 공격도 못 하고 그렇다고 도망치지도 않고 대체 뭐하자는 거지?"

이한열이 한쪽에 어정쩡하게 서 있는 가대문을 바라보며 물었다.

'나도 도망치고 싶었어. 하지만 땅에서 발을 뗄 수가 없었다고……'

가대문은 무척이나 억울했다.

도망치고 싶은 마음이 굴뚝같았지만 이한열에게 감시받고 있다는 걸 본능적으로 느꼈다. 이한열의 시야에서 벗어났다고 해도 기감의 그물에 사로잡혀 있었다. 안 된다는 사실을 알면서도 억지로 도망쳤다고 하면 방금 전 비참하게 머리가 꿰뚫려 죽은 부하들과 같은 신세로 전락했을 것이다. 그렇기에 부하들이 죽어 가는 와중에서 꼼짝도 하지 않았다.

털썩!

그가 재빨리 무릎을 꿇으면서 살아남기 위해 굴욕적인 선택을 했다.

"항복입니다. 단전을 깨겠습니다."

퍼억!

말과 동시에 재빨리 우수로 단전을 내리쳤다.

쩌엉!

단전이 파괴되면서 온몸에 충만한 기운을 전해 주던 진기가 빠른 속도로 사라져 갔다. 오십대의 나이를 이십대로 보이게 만들어 주던 진기가 없어지면서 가대문의 몸에 변화가 일어났다.

스스스! 스스스!

윤기 넘치던 검은 머리카락이 서서히 백발로 변하였고, 팽팽하던 피부가 쭈글쭈글해졌다. 꼿꼿하게 세워져 있던 허리가 구부정하게 바뀌었다. 일순간 청년에서 노인으로 변해 버린 가대문의 몰골이 무척이나 처량했다.

"쿨럭! 쿨럭!"

가대문이 기침을 했다.

기침을 할 때마다 입에서 붉은 피가 쏟아졌다. 단전이 깨지면서 심각한 내상을 입었기 때문에 벌어진 현상이었다. 몸조리를 잘하지 못하면 골병이 들 수도 있을 정도로 심각한 내상이었다.

"그대는 단전을 안 깨도 되는데……."

이한열이 가대문을 바라보면서 안타까워했다.

"네? 그럼?"

"굳이 깰 필요가 없었다는 이야기야."

"아아아아……."

가대문의 입에서 처량한 음성이 마구 흘러나왔다.

주르륵! 주르륵!

사십 년을 넘게 키워 온 단전과 이별한 가대문의 눈에서 눈물이 마구 흘러내렸다. 조금만 더 빨리 말해 줬더라면 단전을 고이 간직할 수 있었다는 아쉬움과 슬픔이 가대문의 마음에 마구 일렁였다.

"그대는 내가 보낸 첩이 생각나지 않나?"

"……."

너무 큰 충격을 받은 가대문이 멍한 눈빛으로 바로 대답을 하지 못했다.

이한열이 기다려 줬다.

마지막으로 가야 하는 사람에게 생각할 시간을 줄 수 있었다.

"내가 자네에게 보낸 첩이 무엇인가?"

그가 이번에는 말소리에 진기를 실었다.

멍하니 슬픔에 빠져 있던 가대문이 깜짝 놀라 이한열을 바라보았다.

"무슨 말씀이신지요?"

"잘 생각해 봐. 어렵지도 않은 것이니까 쉽게 알 수 있을 거야."

"제가 받은 첩에는 용사비등한 글씨로 비리들이 가득 적혀 있었습니다. 준엄하게 잘못된 점을 성토하고 있는 생사첩은…… 설마…….."

가대문의 눈동자가 극심한 공포가 일렁였다.

삶과 죽음을 결판내자는 생사첩의 의미가 비로소 떠올랐기 때문이었다.

그렇다.

처음부터 가대문의 죽음은 정해져 있었다.

"그대가 살아날 수 있는 방법은 딱 한 가지야."

"그것이 뭡니까? 말씀만 하시면 뭐든지 하겠습니다."

가대문은 죽으라면 죽는 시늉까지도 할 수 있었다.

"나를 죽이면 돼. 간단하지."

이한열이 환하게 웃으며 말했다.

강호에서는 강한 사람이 살아남는다.

이한열도 생사첩을 보낼 때 이미 죽을 수도 있다는 각오를 하고 있었다. 미리부터 변수를 완전히 배제하고 초원장 공격을 선택했다.

각오를 하기 이전에 철저한 조사가 이미 선행되어 있었다. 동창과 서창을 비롯한 황실의 정보기관들이 수집한 자료들에는 가대문이 초절정고수라는 점이 분명하게 기록되어 있었고, 초원질풍진의 한계도 이미 인지했다.

이한열의 행동과 행적 하나하나에는 고도의 계산이 녹아들어 있었다.

"제가 그동안 모은 돈과 보물을 모두 드리겠습니다. 수집만 해 놓고 익히지 못한 절세의 무공 비급도 있습니다. 가지고 있는 건 모든 드릴 테니 목숨만 살려 주십시오."

가대문이 싹싹 빌면서 목숨을 구걸했다.

단전이 있을 때도 이한열을 이길 수 없었다. 단전이 깨져 노인이 된 상태에서 이한열에게 승리를 가져온다는 건 불가능이었다.

"그대의 재산은 피해를 입은 민초들에게 일부가 돌아가고 나머지는 모두 국고로 환수될 거네. 절세의 무공 비급이 있다면 황궁 무고로 들어가겠지. 다른 할 말은 없나?"

도무지 죽음에서 빠져나올 수 없다는 걸 완전하게 인지한 가대문의 표정이 딱딱하게 굳어졌다.

"개……"

시원하게 욕설을 하려던 가대문의 머리 위로 이한열의 우수가 떨어졌다.

퍼억!

둔탁한 소리와 함께 가대문의 머리가 산산이 터져 버렸다.

붉은 피와 허연 뇌수가 마구 비산하였다.

그것들 가운데 일부는 바로 앞에 위치한 이한열에게 쏟아졌다.

투투툭! 투툭!

붉은 피와 뇌수가 이한열의 옷과 얼굴 등에 튀었다. 피하려면 충분히 피하고, 기운을 내뿜어서 파편들을 반대쪽으로 튀게 만들 수도 있었다.

"전장에 들어섰으니 피를 두려워해서는 곤란하지. 기꺼운 마음으로 받아 주마."

그가 기꺼운 심정으로 피와 뇌수를 뒤집어썼다.

일종의 세례식이었다.

생명의 기운을 듬뿍 담고 있는 피를 뒤집어쓴 것은 무정하게 죽일 자는 죽이겠다는 뜻이었다. 반대로 죽음 앞에서 물러서지 않고 싸우겠다는 각오를 내비치는 것이기도 하였다.

죽음은 만인에게 공평했다.

죽이고자 하는 사람은 반대로 죽임을 당할 수도 있었다.

그런 진리를 이한열이 마음에 낙인처럼 진하게 새겼다.

"마음은 마음인데 끈적끈적해서 기분이 별로네. 다음부터 될 수 있으면 맞지 말아야겠다."

이한열이 툴툴거렸다.

피치 못할 사정에서는 피를 두려워하지 않겠지만 여유가 있다면 피할 생각이었다. 깔끔하면서 우아하고 편안한 걸 즐기는 이한열이었다. 피를 뒤집어쓰면서 야차처럼 미친 듯이 싸우는 것도 좋았지만 한 마리 고고한 학처럼 전장을 누빌 수도 있었다.

"그대들은 어떤 선택을 하겠는가?"

이한열이 한쪽에서 눈만 멀뚱멀뚱거리는 초원장 무인들에게 질문했다.

그들은 장주인 가대문의 일이 끝나기를 기다리고 있었다. 장주가 비참하게 구걸하다가 머리 터져 죽는 모습에 더욱 창백한 안색을 하고 있었다.

"단전을 깨뜨리겠습니다."

"저도 마찬가지입니다."

그들은 살아남는 길을 선택했다.

"그럼 빨리 처리하고 서로 편안해지자. 복명한다. 단전 깨기! 실시!"

"단전 깨기! 실시!"

"으으으으! 단전 깨기! 실시!"

"단전 깨기! 실시! 해야 하는데……."

무인들이 복명복창을 했지만 쉽게 실행에 나서지 못했다.

단전을 깨뜨린다는 건 어지간히 독한 마음을 먹지 않고서는 힘들었다.

"직접 하기 힘들면 상대의 단전을 깨뜨려 주기로 한다. 어려우면 서로 돕고 살아야지. 그래도 못 깨겠다면 내 앞으로 일렬로 서도록! 배에 구멍이 뻥 뚫릴 정도로 깔끔하고 시원하게 처리를 해 주지."

"저희끼리 해결을 보겠습니다."

"대인에게 수고로움을 끼치지 않겠습니다."

"저희 선에서 끝장을 낼 테니 맡겨만 주십시오."

처참하게 죽은 동료와 장주의 모습을 떠올린 무인들이 필사적으로 이한열의 호의를 거절했다. 입 밖으로 내뱉은 말을 지키는 데 있어 인정사정없는 이한열에게 치를 떨었다.

살아남은 무인들이 동심원을 그리면서 섰다.

"우측 사람을 향해 동시에 치기로 하자."

"셋에 치는 거다. 하나, 둘, 셋!"

퍽!

퍼억!

퍼어억!

무인들이 저마다 우측에 서 있는 동료의 단전을 과감하게 때렸다. 진을 짜면서 보여 줬던 절묘한 호흡이 이번에도 잘 드러났다.

적중한 공격들이 일제히 단전을 박살 냈다.

"크허헉!"

"아악!"

"으아아악!"

일부의 무인들이 비명을 고래고래 지르면서 땅바닥을 데굴데굴 굴렀고, 너무 큰 충격을 받은 자들은 부들부들 떨면서 기절하였다. 몇몇 사람들은 이제 살아남았다고 홀가분한 표정을 지기도 했다.

그런 모습을 가만히 내버려 둘 이한열이 아니었다.

"여기에서 가만히 기다리고 있으면 병사들이 자네들을 잡아서 감옥까지 안전하게 보내 줄 거네."

"감옥이요?"

"설마 단전 깨뜨린 걸로 모든 죄가 사라졌다고 생각하지는 않았지?"

"끝났다고 생각했습니다만……."

"쯧쯧쯧! 세상살이에 대해서 아직 한참 모르는군. 죄를 지었으면 벌을 받아야 하는 법이지. 대명 법률이 괜히 있는 것이 아니라네."

"그렇다면?"

"자네들의 감옥행은 확정이라네. 적어도 십 년 이상은 노역을 해야 할 거야. 진사이자 문화전대학사인 내가 관직을 걸고 보장하지."

"크허헉!"

"커헉!"

정신을 차리고 있는 무인들이 커다란 충격을 받았다.

노역형을 받은 죄수들은 참으로 험한 건설 현장이나 만리장성 보수 등의 일에 투입된다. 식량 배급이 제대로 되지 않은 채 험한 일을 하다 보면 일 년도 버티지 못하고 죄수들이 죽어 나간다. 십 년 노역형이면 십중팔구 죽었다고 해도 틀린 말이 아니었다.

"안찰사의 병력이 이미 초원장을 포위하고 있다네. 도망치다 걸리면 현장에서 사살당할 수도 있으니 얌전하게 기다리는 것이 좋을 거야."

마지막으로 친절하게 조언을 마친 이한열이 등을 돌렸다.

"으아아악! 이럴 줄 알았으면 그냥 죽는 편이 좋았어."

"차라리 죽음이 편할 수도 있었다는 생각이 드는구나."

"죽지 못해 살아가겠다."

무인들이 처절하게 울부짖거나 절망감에 빠졌다. 죽음 앞에서 살아남아 운이 좋다고 여겼었지만 실상은 절망의 구렁텅이로 빠져드는 것이었다.

"초원장주가 뭐를 남겼는지 살펴볼까?"

뒤에서 뭐라고 떠드는지 관심을 접은 이한열은 걸음을 멈추지 않았다. 국고로 환수될 초원장과 재물을 미리 살펴볼 작정이었다.

"보물들이 많았으면 좋겠군. 그의 말대로 절세의 무공비급이 있으면 더욱 좋겠고 말이야."

구름 한 점 보이지 않은 하늘이 유난히 푸르렀다.

피를 뒤집어쓴 혈인 이한열이 초원장의 깊숙한 곳을 향해 걸어갔다.

第七章
뇌전마검

산의 능선을 넘다가 우연히 한 사람과 조우한 이한열은 강렬한 투쟁심을 느꼈다.

고오오! 고오오!

단전에서 불같이 일어난 진기들이 머리에서 발끝까지 치고 내달렸다. 뼈와 오장육부를 비롯한 인체의 장기에서도 힘들이 마구 솟구쳤다.

파앗!

그의 두 눈에서 붉은 혈기가 마구 뿜어졌다.

살기였다.

생면부지의 능백을 박살 내겠다는 의지가 충만했다. 혈마가 창조한 무공의 기운을 인지한 혈선의 안배가 마침내 처음으로 발동하고 있었다. 피를 탐하는 파괴적인 혈마의 무공들에는 독특함이 존재하였다. 그걸 혈선이 남기는 저주의 문자가 확실하게 잡아냈다.

"놈! 노부를 상대로 감히 살기를 뿜어? 죽고 싶어 환장했구나."

능백이 검을 뽑아 들었다.

광검뇌존 능백은 뇌의 힘을 간직한 뇌전마검이라는 검법을 익히고 있는 초고수였다. 화경의 경지에 달한 그의 애검이 뽑힐 때면 뇌성이 뿜어진다.

뇌전마검은 혈마가 창조한 무공 가운데 하나였다.

우연한 기회에 뇌전마검 비급을 획득한 능백은 몸서리치게 빠져들었다. 사력을 다해 무공을 익힌 끝에 화경에 이른 사파의 고수 가운데 한 명이 되었다.

강한 무력을 바탕으로 하여 홀로 독보하는 그는 다혈질적인 성격을 지녔다.

스팟!

점과 점을 잇는 최단의 궤적으로 검이 날쌔게 쇄도했다. 소름이 끼칠 정도로 빠른 전광석화의 발검술과 함께 검기가 쭉 일어났다.

"그것이 아니라……."

미리부터 준비하고 있던 이한열이 부드럽게 옆쪽으로 몸을 날렸다.

휘이익!

검기가 허공을 가르고 사라졌다.

"자르기 쉽게 목을 길게 빼놓아라."

능백이 주저하지 않고 재차 공격을 이어 나갔다.

그가 불문곡직하고 살기를 드러낸 이한열을 향해 거침없이 공격을 펼쳤다.

더 이상 무슨 말이 필요한가?

검으로 응징을 하면 그만이었다.

번쩍! 번쩍!

검에서 수십 가닥의 뇌전이 폭사됐다. 검신과 검첨에서 뿜어져 나온 이글거리는 뇌전들이 부챗살처럼 쫙 펴졌다가 오므려졌다.

천지 사방에서 이한열을 향해 뇌전이 내리꽂혔다.

살기 충만한 공격이었다.

파괴력이 상당한 뇌전이 번쩍거리면서 다가드는 광경은 장관이었다. 몸서리치게 매력적인 모습이었지만 적중당할 경우 검은 재 덩어리가 될 수 있었다.

살기를 뿜어낼 수밖에 없는 사정을 설명하고 넘기려고 했던 이한열이 미간을 찌푸렸다. 이야기를 들어 보지 않고 닥치는 대로 살수를 펼치는 능백에게 짜증이 난다.

"이왕 이렇게 된 것! 한판 붙어 보자."

이한열도 불이 붙었다.

그의 마음에서 혈선의 저주를 떠나 능백을 박살 내고 싶은 마음이 무럭무럭 자라났다. 망가뜨렸을 때의 기쁨을 누리고 싶었다.

깔아뭉개고 싶었지만 당장에 박살 낼 마음은 없었다.

강호에 나온 뒤로 이한열은 웬만큼 싸울 줄 알게 되었다. 그러나 화경의 고수와 싸웠던 경험은 없었다. 분명히 경험은 부족했다. 다행스럽게도 무력이 능백보다 높았다.

화경의 고수와의 대결은 이한열에게 새로운 공부였다. 그렇기에 마구 덤벼드는 능백을 상대로 여유를 충분하게 줬다. 박살 내는 건 잠시 후에 해도 충분했다.

"오호! 비슷해 보이지만 똑같은 뇌전은 하나도 없군."

오롯이 선 이한열이 쇄도하는 뇌전을 감상하였다. 속도, 궤적, 힘 등 모든 것들이 미세하게 달랐다. 그 차이점이 변화를 더욱 풍부하게 하였고, 위력을 증폭시켰다.

바라보는 것만으로도 이한열이 뇌전마검에 대해 차츰 많은 것을 알게 되었다.

가공할 파괴력을 가진 뇌전마검은 일반 무인들에게 두려움의 대상이었다. 그러나 이한열에게는 하등의 무서움도 주지 못했다. 오히려 공부의 대상으로 전락했다.

'더 알고 싶다.'

이한열은 눈에 보이는 것 외에 뇌전마검에 대해 속속들이 알고 싶었다.

'능백이 미친 듯이 공격을 하게 만들어 주자. 그러기 위해서는 영양가 있는 먹이를 주어야 하겠지.'

그는 다혈질인 능백을 상대로 현명하게 처방을 내렸다.

압도적으로 이겨 버리면 뇌전마검의 감상이 곧바로 끝나 버렸고, 그렇다고 약하게 대응하면 뇌전마검의 강력한 면모를 살필 수 없었다.

슉!

이한열이 우수를 마구 내질렀다.

외가비망의 근력첩폭과 전사와경을 동시에 응용한 철사장이었다.

혈선의 힘을 물려받은 이후 외가비망은 단순한 외문무공이 아니었다. 배교 비전이 온전히 담겨져 있는 외가비망은 절대적인 내공심법과 비교해도 하등의 부족함이 없었다.

콰아앙!

폭음과 함께 일대가 난장판으로 변해 버렸다.

바위들이 박살이 나서 비산하였고, 풀과 나무들이 갈기갈기 찢겨진 상태로 뿌리째 뽑혀 나갔다. 평화롭고 자연스럽던 대지가 아수라장으로 변했다.

"철사장에 가로막히다니, 고금제일마 혈마의 무공치고는 약한 것 아닌가요? 아니, 당신이 약한 것인지도 모르겠군요. 뇌전마검의 정수를 제대로 보여 주세요."

질문을 가장한 이한열의 비난에 능백이 화를 버럭 냈다.

"크아아악! 후회할 것이다."

능백이 수중의 검을 하늘을 향해 치켜올렸다.

슥!

천추부동의 자세를 취한 그에게서 묵직한 기운이 마구 뿜어졌다. 단전의 모든 진기를 올올이 끌어올린 그의 옷과 머리카락이 마구 흩날렸다.

방금 전까지 그는 방심했다.

화경의 고수에게 하룻강아지가 덤벼든다고 생각하였다. 쉽게 찢어 죽일 수 있다고 여겼지 철사장에 뇌전마검이 막힐 줄 상상도 하지 못했다.

이제부터 최선을 다할 그는 방금 전의 그와 완전히 달랐다.

"무시무시한 위력의 뇌전마검을 보여 주마."

"그랬으면 정말 좋겠네요."

이한열의 눈에 능백이 펼치는 뇌전검술의 특성이 다 보였다. 그건 높은 산의 정상에 오른 사람이 뻥 뚫린 아래의 풍경을 모두 관람할 수 있는 것과 똑같은 이치였다. 물론 고수라고 해서 하수의 모든 것을 안다는 건 상식적이지 않다.

이한열이 특수한 위치에 서 있는 것일 뿐이었다.

타인을 반면교사 삼았던 그가 일찍이 어떻게 해야 강해질 수 있는지 깨우쳤다. 아주 오래전부터 해 오던 방식을 무공에서도 그대로 적용하고 있었고, 배교의 비전이 그걸 가능하게 만들었다. 배교의 비전을 얻고 난 뒤에 바라보는 시선과 마음에 배우고자 하는 공부들이 뚜렷하게 새겨졌다.

슥!

그의 무릎이 미미하게 꿈틀거렸다.

순간, 능백의 눈에서 무시무시한 흉광이 폭사됐다. 줄기줄기 뿜어져 나오고 있는 흉광에는 강렬한 살기가 듬뿍 담겨져 있었다.

탓!

한 마리 새처럼 하늘 위로 솟구쳐 올랐다. 용천혈에서 뿜어져 나온 기운이 지면을 밀어내면서 흙먼지가 자욱하게 일어났다. 땅을 떠났다 싶은 순간 그가 이미 허공 십 장 위에 위치했다.

스팟!

하늘을 꼿꼿이 찌르고 있던 검이 벼락처럼 허공을 갈라 버렸다.

"뇌전천참! 뇌전마검의 앞에 거칠 것이 없도다. 천참만륙이
되어 찢어져라!"

하늘 위에서 지상을 향해 내리꽂히는 뇌전은 빠르고 강렬
했다. 순수한 강기로 이뤄진 뇌전은 소리를 앞섰다. 그렇기에
뒤늦은 뇌성이 일대를 찢어 갈겼다.

콰르릉!

귀청 찢는 소리를 뒤로한 채 내리꽂히는 뇌진의 종착지에
바로 이한열이 서 있었다. 그는 섬전이 되어 작렬하는 뇌전을
보면서도 느긋했다.

"동전에 양면이 있듯 빠른 속도는 장점이지만 반대로 단점
이 될 수 있다는 걸 인지해야 하오. 무작정 빠른 건 느린 것
보다 못한 법이라오."

슥!

이한열이 후발선제의 무리를 이용하여 섬전이 꽂히는 심장
부위로 손을 가만히 들어 올렸다.

퍽!

무섭게 내리꽂히던 뇌전과 이한열의 손이 부딪쳤다.

파앙!

뇌전이 튕겨져 나갔다. 왔던 속도보다 반 배는 빠르게 허
공을 가로질렀다. 십여 장 하늘 위에 떠 있는 능백을 향해 뇌
전이 날아갔다.

"헉!"

의의의 상황에 능백이 기겁하는 신음을 내뱉었다.

검에서 발출된 강기로 된 뇌전이 본인을 상하게 만들 줄 예상하지 못했다. 아니, 강기를 맨손으로 되돌린다는 것 자체부터 상식적이지 않았다.

콰득!

능백이 오른발로 왼발을 차는 발보등공을 발휘하면서 황급히 옆으로 물러났다.

스팟!

민첩하게 대응했지만 그의 머리카락은 우수수 잘려나갔다.

"어떻게……."

그가 부지불식간에 물었다.

궁금해서 물어본 것이 아니라 워낙 황당했기에 저절로 말이 입 밖으로 튀어나왔다.

죽을 뻔했던 상황 때문에 그의 가슴이 아직까지도 철렁거렸다.

하지만 그는 몰랐다.

애당초 이한열이 그의 목숨이 아닌 머리카락을 노렸던 사실을 말이다. 능백의 능력이라면 부상을 입지 않고 가까스로 피할 수 있을 속도로 반사시켰다.

"각도만 잘 맞추면 어렵지 않소. 입사각과 반사각을 계산하면 쉽게 시전자에게 돌려보내는 것이 가능하지. 공격하기에 앞서 그렇게 시간을 들이면 당하는 자는 구경만 하는 것이오? 강기를 펼칠 것 같기에 철사장을 운용하는 손에 강기를 둘렀지. 반사를 시키려면 검강이 폭발하지 않게 제어해 줘야 하는데, 이 부분이 약간 까다롭다오."

이한열이 친절하게 설명해 줬다.

와그작!

능백의 얼굴이 보기 흉할 정도로 일그러졌다.

터질 듯 붉게 달아오른 모습이 마치 흉신악살처럼 보였다.

그도 그럴 것이 뇌전마검에 대한 자부심이 뿌리째 흔들리고 있기 때문이었다.

"쉽다고? 그 주둥이를 찢어 주마."

그가 머리에 뚜껑이 열릴 정도로 분노했다. 속에서 천불이 일어나서 코와 귀 등에 연기가 솟구치려고 하였다.

"알려 달라고 해서 말해 줘도 난리네."

이한열이 분노의 외침에 착실하게 답했다.

그의 설명에 원리와 이론은 명확했다. 그릇되게 받아들이지 않고 그대로 받아들여 노력한다면 능백이 언젠가는 따라 할 수도 있었다.

그러나 그런 친절한 설명과 대답이 능백에게는 모욕으로

들렸다. 아무리 좋게 이야기해도 받아들이는 상대가 외면하면 백약이 무효였다.

"크으으!"

애당초 의도된 이한열의 말이 능백의 다혈질을 마구 자극했다. 마구 발광하려고 하는 능백이 이한열의 손바닥 위에 있었다.

'이제 생각이란 걸 할 수 없게 됐군. 잡념이 사라지고 순수해졌어. 이제 방금 전까지와는 전혀 다른 힘을 낼 수 있을 거다.'

이한열은 능백의 다혈질을 이용해서 더욱 큰 힘을 이끌어내려고 자연스럽게 작업했다. 능백은 이 사실을 모르고 능멸당하고 있었지만 졸지에 기연 아닌 기연을 접하였다.

공짜 기연이 아니었다.

몸이 망가지는 대가를 치러야만 했다.

뇌전마검은 파괴적인 검법이었다. 너무 파괴적이어서 시전하는 주인까지 망가뜨릴 정도였다. 죽을 각오를 하고 펼쳐야 진정한 위력을 낸다.

그러나 오래 살고 싶은 능백은 망가짐에 대한 두려움이 있었다. 그렇기에 뇌전마검의 위력을 제대로 발휘하지 못했다.

그런 결심이 이한열을 만나면서 무너졌다. 온 힘을 다해서 이한열을 뭉개 버리려고 하였기에 육신의 망가짐에 대한 문제를 잊어버렸다.

"자! 와라! 성장한 모습을 보여 다오."

이한열이 싱겁고 단순하게 싸움이 끝나지 않기를 기대했다. 아쉽고 안타깝게도 지금까지의 싸움을 무척이나 실망스럽게 받아들였다.

그가 알고 있기에 혈마의 무공들은 이렇게 약하지 않았다.

능백은 갓 태어난 새끼 양이나 마찬가지였다. 보송보송한 솜털이 난 애송이었다. 화경의 경지에 올랐지만 독학으로 뇌전마검을 수련했기에 부족한 점이 많았다.

강호에서는 고수로 인정받을지 몰라도 이한열의 기준에는 한참 못 미쳤다.

그래서 강제적으로 채찍질을 해서 각성하게 만들었다.

"뇌전마검은 무적이다."

능백이 크게 일갈하면서 신형을 더욱 하늘 높이 솟구쳤다. 이성을 잃어버리고 난폭해진 상태로 콧김을 씩씩 내뿜으면서 날뛰었다. 다행이라면 본능이 매우 강렬해져 있는 상황에서 뇌전마검의 어떤 초식을 어떻게 펼쳐야 하는지 잘 알고 있다는 점이었다.

능백이 허공으로 상승하면서 검에 온몸의 모든 내력을 쥐어짜 알알이 주입시켰다.

부르르! 부르르!

검이 물 밖으로 나온 잉어처럼 펄떡거렸다.

번쩍! 번쩍!

콰르르! 콰르르!

뇌전이 폭죽 터지듯 검에서 일렁였다. 셀 수 없이 많은 뇌전의 다발이었다. 다발들이 하나둘씩 엮이면서 거대한 검강으로 변화했다.

"뇌전천리!"

뇌전!

눈부신 하나의 뇌전이 전율스러운 속도로 질주했다.

공기가 뇌전의 위용에 짓눌려져 미친 듯이 사방으로 퍼져 나갔다. 갑작스럽게 바람이 강렬하게 일어났다.

휘이잇!

바람의 결을 타고 능백이 미끄러져 내렸다.

뇌전의 뒤를 따라 전속력으로 번개처럼 이한열을 향해 돌진했다.

"이제야 제대로 된 혈마의 무공이군. 이래야 싸워 볼 만하지. 방금 전까지는 너무 시시했단 말이야."

피부를 찌릿찌릿하게 울리다 못 해 강하게 압박해 오는 강렬한 기세를 접한 이한열이 한하게 웃었다. 무방비 상태로 맞이하면 다치거나 심지어 죽을 수도 있는 공격을 보고서도 즐거워했다.

우우우웅! 우우우웅!

상대를 하고 싶은 마음이 일자, 이한열의 몸에서 자연스럽게 용음이 튀어나왔다. 단전의 기운이 장강의 물결처럼 도도하게 일어났다. 그러자 신기하게도 찌릿찌릿하던 느낌이 사라져 버렸다.

두근! 두근!

심장이 강렬하게 뛰었다.

"강기를 찢어 버리면 어떤 느낌일까?"

호기심이 든 이한열이 손가락을 활짝 펼친 양손을 들어 쇄도하는 검강을 맞이했다.

카드득! 카드드득!

콰지직! 콰지지지직!

열 개의 손가락이 검강을 파고들려고 하면서 기괴한 소리가 났다. 동시에 검강에서 일어난 뇌전이 이한열을 새까만 숯덩어리로 만들려고 날뛰었다.

"짜릿하구나. 크크크크! 배 터지게 많이 먹었으니 이제 그만 찢어져라."

온몸으로 짜릿한 뇌전을 즐기던 이한열의 손가락이 검강으로 파고들어 갔다.

찌이익! 찌이익!

이한열의 손가락이 단단한 검강을 마치 고무신 거꾸로 신은 애인처럼 대우해 줬다. 열 개의 손가락이 연주자가 되어 검강을 수백 수천으로 갈기갈기 찢어 사방으로 버렸다.

퍼퍼펑! 퍼퍼퍼펑!

퍼펑펑펑펑펑펑!

사방으로 난무하던 검강의 파편들이 폭죽처럼 일제히 터졌다.

"하하하하! 손맛이 끝내주는구나."

그가 손맛을 보기 위해서 검강의 폭발을 강제로 억제하면서 분할시켰다. 찢을 때 손가락을 통해 전해진 검강의 감촉이 세상의 못 자를 것이 없다는 듯 탄력적이면서 질기고 예리해, 무척이나 만족스러웠다. 경험해 보지 않으면 알 수 없는 참으로 신묘한 감촉에 무척이나 즐거워했다. 적의 검강을 호기심 충족에 사용하다니 참으로 별난 종자였다.

휘이익!

폭발을 뚫고 능백이 이한열의 코앞까지 도달했다.

그의 안색이 시커멓게 죽어 있었다.

폭발을 뚫으면서 머리카락이 산발해 있었고, 비단 장포의 도처에 구멍이 뻥뻥 뚫려 있었다.

피해를 입었지만 죽이고야 말겠다는 흉광을 줄기줄기 뿜어내는 그의 우수가 벼락처럼 움직였다. 꽉 움켜쥐고 있는 검이 눈에 보이지 않을 정도로 번뜩였다.

스팟!

예리한 소성과 함께 검이 이한열을 수평으로 갈라갔다. 뼈와 오장육부를 기필코 훑어 내고야 말겠다는 의지가 느껴지는 공격이었다.

"죽을 각오를 하고 덤비는 도전이라면 언제든 기꺼이 받아들이겠다."

이한열은 도전에 목마르다.

비록 강제적으로 당해서 임하고 있지만 그의 고금제일마 혈마에 대한 도전은 지금부터 비로소 시작이다. 미약한 위치에 있는 것이 조금 부끄럽기도 했지만 시작이 반이라는 말이 있다. 피할 수 없는 일을 현재 마음껏 즐기고 있었다.

재미있었다.

별로 신나는 일도, 특별한 일도 없던 어린 시절이었다. 과거에 급제하기 위해 공부를 했지만 재미를 많이 느끼지는 못했다. 부모님의 바람을 위해 공부했고, 과거 급제 후에 달라질 환경을 보고 미친 듯이 노력했다는 편이 옳았다. 밥을 먹든 고기를 먹든 끼니를 거르지 않을 정도로 가난하지 않고 원 없이 책을 보고 싶었다.

강호는 자유로웠다.

높은 위치에 선 강자라면 뜻을 굽히지 않고 마음껏 행동할 수 있었다.

고금제일마 혈마를 보라!

시체로 산을 쌓고 피로 강을 만들어도 뭐라고 하는 사람이 없다. 면전에서 떠들다가는 오히려 곧바로 직행인 저승행 열차를 타게 된다.

위인에게서 본받을 점을 그대로 흡수하는 건 이한열의 장점이었다.

이한열이 이만큼 성장할 수 있었던 원동력은 좋다고 생각한 것들을 끝까지 밀어붙이는 집중력으로 쏙쏙 흡수했기 때문이었다.

그리고 그런 집중력과 흡수력이 뇌전마검을 상대로 또 발휘되고 있었다.

스르르르!

이한열의 우수가 급속하게 시커멓게 변하였다. 얼마나 검은지 검은 물이 뚝뚝 떨어질 것처럼 보였다. 묵빛으로 번들거리는 모습이 무척이나 이색적이었다.

이한열이 극성에 다다른 철사장으로 쇄도하는 검을 맞이했다.

채앵!

손과 검이 부딪쳤는데 금속성 소음이 일어났다.

철의 기운을 흡수하여 극성의 경지에 이른 철사장이었기에 순수한 쇳덩어리 그 자체라고 해도 과언이 아니었다.

"캬아아앗!"

손을 잘라 내지 못했다는 사실에 분개한 능백의 입에서 짐
승 같은 괴성이 터졌다. 찢어질 듯이 부릅뜬 눈에는 불신과
경악, 분노가 가득 담겨져 있었다.

이마와 관자놀이의 핏줄이 징그럽게 밖으로 툭툭 튀어나
왔다.

투툭! 투투툭!

주르륵! 주르륵!

과도한 혈기를 버티지 못한 핏줄이 터지면서 붉은 피가 흘
렀다. 시전자의 육체를 갉아먹는 뇌전마검의 폐해가 본격적
으로 드러났다. 사용하면 사용할수록 죽음의 길에 가까워진
다.

"혈편뇌우!"

능백이 미친 듯이 검을 휘둘렀다.

강기의 다발이 위력적으로 마구 튀어나오는 가운데 그의
얼굴은 점점 더 피로 물들었다. 멋들어진 그의 장포가 핏빛으
로 물들었다.

파파팟! 파파팟!

바로 코앞에서 강기 다발이 이한열을 갈기갈기 찢어 버리
기 위해 쇄도했다.

이한열이 쇄도하는 강기 다발을 향해 양팔을 풍차처럼 휘

둘렀다. 주변의 넓은 범위를 두 팔이 모두 차지해 버렸다.

퍼퍼펑! 퍼퍼펑!

펑펑펑펑펑펑!

강기 다발들이 두 팔에 걸려 그대로 터져 나갔다.

격렬한 공격을 막아냈음에도 불구하고 이한열의 손은 여인의 섬섬옥수처럼 여전히 매끄러웠다. 심지어 소맷자락의 실한 오라기조차 풀리지 않았다. 옷을 비롯한 신외지물까지 완벽하게 이한열의 의지와 진기에 의해 제어됐다.

"이것이 최선인가?"

이한열이 비웃었다.

반쯤 미쳐서 광분하고 있는 능백의 귀에 강렬하게 울렸다. 그도 그럴 것이 잘 들을 수 있도록 이한열이 진기까지 동원하여 말을 했기 때문이었다.

"찢어 죽일 놈!"

"말로만 하지 말고 행동으로 보여 줘."

"크아아아악! 죽어라."

분기탱천한 능백이 괴성을 내질렀다.

후우웅! 후우웅!

우수에 들려 있던 검이 허공으로 둥실 떠오르는가 싶더니 동시에 강렬하게 회전을 하기 시작했다.

빠직! 빠직!

빠지지지직!

뇌전의 다발이 검에서 마구 튀어나왔다.

"호오! 이기어검술이구나. 죽을 정도로 노력하니까 되잖아."

이한열의 눈이 반짝거렸다.

이기어검술은 이기어검이나 심검의 경지와 비슷한 검을 다루는 법이었다. 진기를 적게 사용하면서 막대한 공력이 필요한 이기어검이나 심검과 비슷한 위력을 낸다. 하지만 비슷할 뿐 이기어검이나 심검에 비해 부족한 면이 많다. 하지만 이기어검술이 위력적이라는 사실에는 변함이 없다.

"별천지군. 배울 바가 많아."

이한열은 적은 진기로 가공할 위력을 뿜어내는 이기어검술이 무척이나 재미있게 느껴졌다. 이기어검술을 지켜보는 지금이 싸우고 난 이래 가장 즐거웠다.

사실 능백은 이기어검술을 만들어 낼 경지에 도달하지 못하고 있었다. 어렴풋이 느끼고는 있었지만 두터운 장벽에 막혀 이기어검술을 펼치지 못했다. 그러던 것이 빈정거리는 이한열을 만나면서 단숨에 그 벽을 꿰뚫었다.

그를 이기어검술의 경지에 오르게 만든 일등공신이 바로 이한열이었다.

"가라!"

능백의 외침과 함께 뇌전의 폭풍으로 둘러싸인 검이 마치 공간을 꿰뚫듯 곧바로 이한열의 심장으로 향했다. 번뜩거렸다 싶은 순간 이미 심장 앞에 위치해 있었다.

스르르르르! 스르르르르!

묵빛으로 번들거리는 우수가 급속한 속도로 원래의 색으로 돌아왔다. 검은 물이 빠져나가는가 싶었는데 아니었다. 장심의 한 점을 향해서 묵빛들이 모조리 몰려들었다.

빛도 통하지 않는 절대의 어두움!

장심 한가운데 위치한 흑점은 너무나도 어두워서 불길함까지 느껴졌다.

"오라! 얼마나 강한지 한 번 손으로 경험해 보자."

이한열이 쇄도하는 검첨과 장심의 흑점을 하나로 일치시켰다.

쩌저어어어엉!

귀청 찢어지는 소리와 함께 능백의 애검이 장심 앞에서 멈춰 섰다. 강제로 멈춰 버린 검신이 부러질 것처럼 마구 흔들렸다.

"화끈하네."

손끝에서 전해지는 뜨거운 열기를 여유롭게 느끼고 있는 이한열이었다. 그가 밤하늘의 별처럼 영롱한 눈빛으로 이기어검술의 묘체를 알기 위해 노력했다.

극한으로 능력을 끌어올린 능백의 이기어검술이 이한열의 손바닥을 뚫지 못했다. 경지를 뛰어넘었지만 여전히 능백의 형편은 나아지지 않았다. 넘을 수 없는 격의 차이가 능백을 더욱 미쳐 버리게 만들었다.

"크아악! 크아아앗!"

능백은 당장에라도 이한열의 몸에 검으로 만든 구멍을 만들고 싶었다. 완전히 못 쓰게 만들고, 육신을 갈기갈기 찢어 버릴 작정이었다. 마음은 굴뚝같았지만 실력이 부족했기에 어쩔 수 없었다.

그저 닥치는 대로 공격할 수밖에……

"그래! 자신의 위치에서 할 수 있는 최선을 다해야지."

이한열은 사람을 다룰 줄 알았다.

관직 생활을 하면서 그런 능력이 더욱 강해졌다. 모르는 사람과 친하게 대화를 나눌 수 있었고, 처음 본 사람과도 바로 친구가 될 수 있었다. 사람 다루는 요령은 적에게도 고스란히 적용됐다.

싸움의 흘러가는 상황은 힘이 강한 이한열이 주도권을 잡고 있었다. 자신의 능력을 잘 알고 있었고, 그로 인해 능백의 무공을 마음껏 보고 받아들였다. 타인을 쥐어짜서 힘들게 만드는 데 있어 참으로 탁월했다.

지금 순간 이한열은 무엇이든지 할 수 있다는 자신감이 붙어 있었다.

능백의 고통과 안타까움, 절망을 자양분 삼아 이한열이 앞으로 나아갔다.

"아아악! 이럴 수는 없어."

절망의 외침을 토해 낸 능백이, 검을 기로 하늘 높이 끌어올렸다.

휘이잉!

검이 하늘을 꿰뚫을 것처럼 위로 상승하였다.

콰르릉!

무섭게 상승하던 검을 향해 하늘에서 뇌전이 떨어졌다. 가공할 뇌전의 위력을 감당하기 버거운지 검이 금방이라도 박살 날 것처럼 덜거덕거렸다. 박살 날 것처럼 보이는 와중에도 검은 용케 뇌전의 힘을 버텨 냈다.

콰지지직! 콰지지지지!

대자연이 보여 주는 뇌전의 위력은 능백이 만들어 냈던 것과 차원이 달랐다. 격이 다른 뇌전의 힘이 능백의 검에 실렸다.

"뇌전검의 최후 초식이다. 이번에도 피하지 말고 받아 봐라. 자연뇌전참!"

발악적으로 외치는 능백의 눈과 코, 입에서 피가 줄줄 흘러나왔다.

검과 기로 연결되어 있기에 하늘에서 친 뇌전의 힘을 능백도 받았다. 뇌전의 힘을 고스란히 받아 냈지만, 감당하지 못했기에 그의 내부는 지금 엉망이었다.

뇌전마검의 최후 검식은 동귀어진이었다.

"쯧쯧쯧! 조금 더 어울리고 싶었는데…… 한계가 너무 일찍 찾아왔어. 강제로 맞이하게 된 기연의 부작용이구나."

이한열이 안타까워했다.

강렬한 흉광을 내뿜어 대던 능백의 눈빛이 시커멓게 죽어 있었다. 뇌전의 힘을 감당하지 못하고 타 버린 것이었다. 눈을 비롯한 오장육부가 망가져 버렸기에 대라신선이 온다고 해도 능백을 살려내지 못했다.

시시각각 죽어 가는 능백이 눈으로 보지는 못하지만 기감을 통해 이한열을 정확하게 바라보고 있었다.

카아우우우우!

카우우우우우우우우!

귀곡성일까?

내리꽂히는 검이 주인의 죽음을 알고 있는 것처럼 슬프게 울부짖었다. 무섭게 쇄도하는 검이 이한열을 향해 번개가 되어 내리꽂혔다.

우우우웅! 우우우웅!

등 뒤로 제친 이한열의 우수가 울부짖었다.

이한열이 외가비망의 근력첩폭과 전사와경, 역혈증폭을 동시에 운용했다. 진기를 거꾸로 돌려 엄청난 힘을 뽑아냈고, 근육에서까지 힘을 쥐어짰다.

"혈마의 무공 뇌전마검을 외가비망으로 박살 내 주마."

이한열이 일갈했다.

교주로서 배교의 무공을 사용하여 혈마의 무공을 짓누르고 싶었다. 배교의 비전을 이어받은 사람으로서 오기가 생겼다.

그가 배교의 힘을 보여 주리라 마음먹었다.

비록 시작은 미약하나 끝은 창대하리라!

이미 경험을 통해 알고 있는 이한열은 노력과 시간이 주는 힘을 믿었다.

가난하고 힘든 시절 과거에 합격하겠다고 고군분투했던 그의 모습은 온데간데없었다. 고금제일마라는 혈마의 위치에 알아서 겁을 먹고 움츠러들었다.

혈마보다 약한 건 괜찮았다.

그건 인정할 수 있었다.

하지만 스스로 위축되는 정신을 가진 건 도저히 용납할 수 없었다.

'지금 순간 나에게 필요한 것은 부서지고 박살 나더라도 앞으로 나아가는 도전 정신이다.'

혈마에게 도전하고 싶다는 마음이 구름처럼 강렬하게 일어났다.

그리고 그의 도전 정신이 지금 현실로 나타났다.

파아앗!

이한열의 주먹이 한 줄기 빛이 되었다.

콰아아앙!

뇌전과 주먹이 부딪치면서 폭음이 강렬하게 일어났다. 폭음 속에서 한 줄기 빛이 뇌전을 꿰뚫어 버렸다. 거칠고 험악한 용문협을 거슬러 올라가는 한 마리 잉어처럼 이한열의 주먹이 검을 때렸다.

쩌저저저정!

거스를 수 없는 가공할 힘과 부딪친 검이 산산이 조각났다.

"커헉!"

검과 하나로 연결된 능백의 입에서 안타까운 신음이 새어 나왔다. 최후에 동귀어진의 수법까지 동원하여 이한열의 목숨을 노렸지만 허사였다. 잃어버린 건 오직 자신의 목숨뿐이었다.

투욱!

원통한 심정의 능백이 앞으로 통나무처럼 거칠게 고꾸라졌다.

"약육강식! 약자는 강자에게 잡아먹히는 것이 강호의 법이니 억울하게 생각하지 마시오."

이한열이 숨이 끊어진 능백을 보면서 이야기했다. 이처럼 자신 있게 말할 수 있는 것은 자신의 몫을 다 했다고 생각하고 있기 때문이었다.

그는 삶과 죽음을 걸고 싸움에서 강함을 증명했다.

강한 이한열이 살아남았고, 약한 능백이 죽었다.

이한열이 강호행을 즐겼다.

강호에서 잘하고 좋아하는 일을 해 나갈 수 있기에 그는 스스로를 행운이라고 생각했다. 물론 그 행운은 저절로 찾아오는 것이 아니었다.

그가 언제 어디에 있든지 그는 하나라도 더 배우기 위해 노력했다. 남들보다 더 앞서 나가기 위해서 부단히 땀을 흘렸고, 능백을 짓밟고 살아남은 건 그에 대한 보상이었다.

슥!

이한열이 무정하게 등을 돌렸다.

앞만 보고 쉼 없이 달리는 그였다. 시체는 이미 뇌리에서 사라지고 뇌전마검과 이기어검술에 대해서 사색했다. 솜이 물을 흡수하듯이 뇌전마검과 이기어검술에 대한 것들을 흡수하여 자신만의 것으로 만들었다.

능백과 싸우기 전과 지금의 이한열은 달랐다.

뇌전마검을 보고 새롭게 얻은 깨달음을 떠올리면서 정진했다. 배우고 깨달은 공부를 창의적으로 응용하고 싶은 욕심이 마음에서 구름처럼 일어났다.

저벅! 저벅!

난장판이 된 싸움터를 뒤로한 이한열이 제자리에 머물지 않고 앞으로 나아갔다. 뒤를 돌아보지 않고 쑥쑥 전진하는 것처럼 하루가 다르게 성장하고 있었다.

빠르게 성장하고 있지만 그는 아직 목이 말랐다.

한차례 고수와 싸우고 난 뒤 좀 더 강해졌다는 걸 인지했다.

한 번으로 강해졌다면?

두 번, 세 번을 경험한다면?

횟수를 거듭할수록 이득이었다.

산 정상에서 떨어지는 작은 눈이 종국에는 거대한 산사태를 만들어 낸다.

바로 지금 이한열이 정상에서 떨어지는 그 작은 눈 덩어리였다. 일반적인 눈 덩어리가 아닌 열정적인 의지를 가진 특별한 존재였다.

"혈마의 무공을 익힌 고수들을 찾아가자."

이한열은 더욱 빠르게 진화할 수 있는 길을 알았다.

그렇지만 그 길은 너무나도 험하고 어렵기에 조금만 삐끗

해도 목숨을 잃을 수 있었다. 모든 일이 계획대로만 되는 것은 아니었다.

위험이 도사리고 있기에 도전이다.

위로 올라서기 위해서는 위험을 감수하고 나아가야 했다. 위험 때문에 뒤로 물러선다면 다른 사람에게 뒤처지게 마련이다.

그렇다고 해서 아주 위험한 것은 또 아니었다.

이한열은 죽을 수도 있다는 위험을 감수하면서도 충분히 그 가능성을 줄일 수 있다고 판단했다. 살아오면서 매번 결정을 내려야 하는 중요한 순간들을 맞이하였다. 그때마다 칼처럼 예리한 판단력과 이 길이 옳다는 확신, 그리고 구슬땀을 흘리는 노력으로 값진 열매를 얻어 왔다. 지금까지 그래 왔던 것처럼 앞으로도 해낼 수 있다는 자부심을 가지고 있었다.

그렇기에 이한열의 도전은 무모하지 않았다.

저벅! 저벅!

이한열이 앞으로 나아가는 도전을 계속했다.

휘이잉! 휘이잉!

청량한 바람이 부는 가운데 이한열의 머리 위로 밝은 태양이 뜨겁게 빛났다.

第八章
진사무림

　무림에는 믿고 쓰는 혈마표라는 말이 있다. 고금제일마 혈
마라는 꼬리표를 달고 있으면 무엇이든 그 위력이 출중하다
는 뜻이었다. 강호에 뿌려진 혈마의 무공들은 무엇 하나 빠
지지 않고 강력했다.

　혈마의 무공을 익힌 고수들은 그 실력이 출중해서 하나같
이 유명세를 떨쳤다. 혈마의 무공은 속된 말로 고수들에게
일종의 품질 보증서이기도 했다. 이런 특징 때문에 혈마의 무
공을 익히고 있는 강호인들이 적지 않았다.

　모두기 믿고 신뢰하는 고금제일마 혈마표 무공들이었다.

　혈마의 무공 비급을 얻기 위해서라면 선뜻 막대한 돈을 지불할 수도 있었고, 심지어 살인을 해서라도 빼앗았다.

혈마의 이름은 이견의 여지가 없다.

강호에 날고 기는 대종사와 초고수가 가득하지만 혈마의 앞에 이름을 내밀 수 있는 자는 단언컨대 아무도 없다. 유구한 역사를 자랑하는 강호이지만 고금제일인의 위치를 공고히 점령한 자는 혈마뿐이었다.

한때 반짝였던 환우십성이 있었지만 고금제일마 혈마 앞에서 신성을 잃어버렸다. 혈마가 신계에 존재하는 신이라면 환우십성은 인간계에서 최강일 뿐이었다. 환우십성은 시간의 흐름과 함께 혈마 앞에서 침몰하거나 뒤처졌다.

강호인들은 언제 다시 돌아올지 모를 고금제일마 혈마를 두려워했다. 하지만 그에 비례하여 혈마의 무공들에 대해서는 열광했다.

강호무림의 힘 있는 고수나 무림 집단, 세가들은 모두 혈마의 무공을 가지고 있다고 봐도 무방했다. 아랑곳하지 않고 자신들만의 시각과 뜻을 유지하고 있는 곳은 적었다.

이런 강호의 흐름이 혈선의 저주에 걸린 이한열에게는 위기인 동시에 커다란 기회였다. 강호 역사에 큰 족적을 남기기 위한 이한열의 비무행이 본격적으로 시작됐다.

팟!

날카로운 환 하나가 이한열의 심장을 노렸다.

십 장 앞에는 창처럼 생긴 기형적으로 길쭉한 협봉도를 수평으로 들고 이한열을 똑바로 노려보고 있는 사내가 서 있었다.

도 끝에서 나온 무형의 기환이 이한열에게 뿜어졌다.

음험한 기운을 담고 있는 무형난지도는 스치기만 해도 살이 썩고 오장육부가 문드러지는 효능이 있었다. 혈마의 무공 가운데 하나로 잔혹하게 죽이기로 유명했다.

빠르면서 변화와 진동이 극심한 무형난지도는 언제 어떻게 펼쳐질지 가늠하기 어려웠다. 눈에 보이지 않기에 대처하지 못하고 쓰러진 강호인들이 부지기수였다.

무형난지도를 익힌 유명귀도 상훈현이 이한열을 상대로 협봉도를 세웠다. 그의 몸에서는 겨울 땅에서 올라오는 아지랑이처럼 눈에 보일 정도로 강렬한 기운들이 연신 새어 나왔다.

슉!

마치 친한 친구가 찾아왔을 때 격하게 환영하는 것처럼 이한열이 자연스럽고 즐겁게 손바닥을 들어 올렸다.

파앙!

강렬한 소리가 일어났다.

"이제 너는 극심한 고통을 경험하며 죽을 것이다."

무형난지도의 효능을 신봉하는 유명귀도 상훈현이 예언

했다.

"짜릿하지만 나를 죽이기에는 부족하다."

이한열의 표정은 편안했다.

장심을 통해 몸 안으로 침입하려던 혈마지기였지만 혈선의 기운이 그걸 쉽게 막아 냈다. 혈마에 대해서 잘 알고 있는 혈선은 상당히 많은 준비를 해 뒀다. 그 준비가 지금 이한열의 몸을 통해 드러났다.

"어떻게?"

별다른 소득이 없이 끝난 모습에 당황한 상훈현의 눈이 커졌다. 강호행을 하면서 몇 차례 어려움을 겪기는 했지만 무형난지도를 이처럼 수월하게 막아서는 적을 본 적은 없었다.

"철저한 준비라고 하면 어울리겠군. 무형난지도로 나를 쓰러뜨리려면 직접 내부 깊숙한 곳에 피해를 줘야 가능하지."

이한열이 물음에 답해 주는 동시에 상훈현에게 해답까지 알려 줬다. 조언을 통해 상훈현의 완성들을 끌어올리려고 하였다.

일방적인 비무는 이한열에게 배움의 공부가 적다.

상훈현을 위해 부족함 점을 봐 주고, 상훈현은 이한열에게 살기 어린 가공할 공격을 내뿜는다. 삶과 죽음은 비무의 일부분일 뿐, 이한열에게 있어 배움의 공부가 중심이었다.

비무는 서로 얼마나 잘하느냐가 중요하다.

그런 면에서 상훈현은 이한열의 조언을 잘 받아들이는 좋은 상대였다.

"몸 깊숙하게 협봉도를 꽂아 주지."

휘익!

십여 장의 거리를 순식간에 좁힌 그가 이한열에게 쇄도하면서 협봉도를 그대로 밀어 넣었다. 단전에서 일어난 기운 혈마지기를 무지막지하게 협봉도에 때려 넣었다.

부르르! 부르르!

협봉도가 물 밖으로 나온 물고기처럼 퍼덕거리며 무수하게 진동했다. 단단한 만년한철도 그대로 꿰뚫어 버릴 위력을 지녔다.

"호오! 진동의 힘을 이용하다니, 참으로 창의적이다."

이한열은 혈마의 무공들과 운명적인 만남을 이어 나갔다. 뇌전마검과 싸우면서도 느꼈는데 생소하면서도 신선한 면이 많았다. 전인미답의 새로운 분야를 개척하는 것이 얼마나 어려운 일인지 알았다.

'역시 고금제일마! 보고 배울 바가 많다.'

이한열이 혈마의 무공을 보면서 자신의 완성도를 끌어올려 갔다.

이한열에게 있어 부족한 부분을 채워 주는 혈마는 영혼의 선생님이나 마찬가지였다. 평범한 무인도 일순간에 고수로 만들어 주는 힘이 담긴 혈마의 무공 비급이었다. 그런 무공 비급의 오의를 이한열이 싸우면서 흡수하였다.

싸우면서 정신적인 만족을 느끼고 있는 이한열이 자신의 가치를 높였다. 역량을 총 동원하여 상훈현의 면모를 상세히 살폈다.

휘익!

이한열이 전사와경을 끌어올린 주먹을 뻗었다.

콰아아아! 콰아아아!

소용돌이치는 회오리를 동반한 주먹이 좁은 공간을 질주하였다. 앞으로 뻗어 나가는 새하얀 주먹이 점점 시커멓게 물들어 갔다.

찰나의 순간 벌어진 변화였다.

시커멓게 물든 주먹이 진동을 일으키며 쇄도하는 협봉도와 부딪쳤다.

콰아앙!

외가비망과 철사장의 힘이 들어간 주먹과 내력이 잔뜩 들어가 있는 협동도가 격돌하는 순간 거대한 폭음이 터졌다.

지이잉! 지이잉!

초진동의 격렬한 힘이 이한열의 주먹을 분쇄하려고 하였다. 외문의 힘으로 단련되어 있는 단단하면서 유연한 주먹이지만 정확하게 들어맞는 진동의 주파수에 맞춰지면 모래처럼 산산이 무너진다.

스스스슥! 스스스슥!

비단으로 만들어진 소맷자락이 모래처럼 산산이 부서졌다.
초진동이 비단옷의 소멸 주파수를 정확하게 맞췄기 때문에
벌어진 일이었다.

이한열이 신외지물이기는 하지만 강호에 나와서 처음으로
피해를 입었다.

"재미있네. 쉽지 않아."

이한열이 주먹을 분쇄하려는 진동을 즐거운 눈빛으로 바
라보았다. 복잡 미묘한 문제들을 해결하는 데 있어 천부적
인 재질을 지녔다. 기본적으로 어떤 문제든 해결할 수 있다는
자세로 세상을 살아왔다. 아주 어릴 때부터 수많은 난제들
에 부딪치며 살아왔고, 결국에는 해결해 왔다. 때로는 스스로
풀지 못하는 것도 있었지만, 책의 지혜와 지식을 빌어 반드시
그 문제를 풀어냈다.

조금 어렵긴 해도 해결하지 못할 이유가 전혀 없었다.

공부는 문제 해결의 연속이다. 문제를 발견하면 머릿속
으로 문제를 파악해야 하고, 해결하기 위해 계획을 세워야
했다. 뜻대로 풀리지 않은 경우가 생기는 건 일상다반사이
다. 오류와 잘못을 정정해 나가면서 다시금 해결의 의지를
불태우면 된다. 예상하지 못한 문제가 발생해서 궁지에 몰

리기도 한다.

한 수 한 수마다 목숨이 걸린 싸움!

이곳이 바로 강호이다.

차아아앙!

격돌하며 강한 충격을 받은 기다란 협봉도가 부러질 것처럼 위로 솟구치면서 크게 낭창거렸다. 기형적일 정도로 길었기 때문에 유리한 부분이 있었지만 지금처럼 불리한 부분도 있었다.

스읔!

상훈현이 마치 애인 다루듯 협봉도를 부드럽게 손에서 놀렸다. 협봉도에 가득 몰려 있던 충격을 유려한 손놀림으로 바꾸었다.

휘이익!

튕겨져 나가던 협봉도가 더욱 강하게 진동하면서 이한열을 향해 내리꽂혔다. 기다란 협봉도의 탄력성을 절묘하게 이용한 일격이었다. 강호에서 이십 년이 넘는 세월 동안 구르면서 획득한 경험이 고스란히 묻어 있었다.

"멋진 수!"

이한열이 감탄했다.

노회한 상훈현의 일격은 그 자체로 예술적이었다. 강한 힘에 일체 거스르지 않고 순응하는 모습에는 도인의 마음가짐까지 녹아 있었다.

이한열이 직접적으로 공부를 하지는 않았지만 오랜 경험을 통해 도인의 마음가짐을 심신에 녹여 낸 상훈현에게 찬사를 보냈다.

"후후후!"

날벼락처럼 무시무시한 속도로 쇄도하는 협봉도를 보면서 이한열이 웃었다. 진하게 마음을 충족시켜 주는 공격에 대단한 만족감을 드러냈다.

맞상대를 하는 방법은 많았는데, 이한열이 어떻게 상대할지 생각했다.

그는 비무에 앞서 뜻하는 바가 있었다. 단순한 승리가 목표가 아니었다. 논리적으로 비무를 바라보고, 법칙을 공고히 세웠다.

비무를 하고 있는 그는 전선에 나선 사령관인 동시에 지략가였다. 전략과 전술을 세워 포석을 하고, 끊임없이 판세를 읽으며 한 수 한 수 신중하게 움직였다.

"진동의 수가 헤아릴 수 없을 정도로 많다. 그 수의 많음에 어울리는 수단이 있지."

이한열의 말과 함께 우수에 색다른 변화가 일어났다.

삐죽! 삐죽!

손과 팔뚝의 모공에 나 있는 섬모들이 길어지고 무성해

졌다. 가느다란 털들이 모이고 또 모여서 우수를 칭칭 동여맸다.

혈선이 전해 준 배교 비전 가운데에는 내가비망이라는 것이 있었다. 내가비망에는 기이한 주술과 환술이 많았는데, 지금 이한열이 시전하는 것이 바로 섬모투갑이었다.

인체의 섬모를 이용해서 호신갑을 만드는 것이었다.

세상에 모습을 드러낸 섬모투갑은 유연하면서도 충격을 흡수하는 데 있어 탁월한 갑옷이다. 셀 수조차 없이 많은 하나하나의 섬모들이 충격을 받아들이면서 흡수한다. 섬모투갑 앞에서는 진동 역시 예외가 아니다. 섬모투갑은 무수히 많은 진동에 있어 최적화된 갑옷인 것이다.

울퉁불퉁한 검은 섬모투갑의 모습이 마치 용의 비늘처럼 보였다.

오랜 세월 강호에 모습을 보이지 않았던 섬모투갑의 재현이었다. 배교 비전의 섬모투갑이 햇살 아래 검게 번들거렸다.

슥!

이한열이 앞으로 한 걸음 나아가며 섬모투갑으로 둘러싸인 우수를 내질렀다.

우우웅! 우우웅!

마치 수천 마리의 벌 떼가 일제히 울부짖는 것처럼 협봉도가 맹렬히 진동하기 시작했다. 동시에 협봉도에서 눈에 보이지 않는 도기와 기환 등이 마구 뿜어져 나왔다.

스르르! 스르르르!

머리에서 발끝까지 이한열의 몸이 전부 시커멓게 변해 갔다. 삼모투갑이 전신을 감싸면서 일어난 변화였다. 눈을 제외한 모든 부위가 시커먼 섬모에 의해 둘러싸였다. 입과 코가 막혔는데도 불구하고 숨을 쉬는 데 있어서는 하등의 지장이 없었다.

콰아아앙!

이한열의 우수와 협봉도가 정면으로 부딪치면서 굉음이 터졌다. 가공할 충격에 의해 일순간 흙먼지가 자욱하게 일어났다.

퍼퍼퍽! 퍼퍼퍼퍽!

심장과 머리, 단전 등 이한열의 전신에서 콩 볶는 소리가 요란하게 울렸다.

"역시 섬모투갑이군! 옆에 코끼리가 지나가도 흔들리지 않는 안락함을 느낄 수 있다고 하더니, 그 설명이 틀리지 않아."

이한열이 모든 공격을 훌륭하게 막아 낸 섬모투갑의 안락함에 감탄했다.

도기와 도환들이 부딪쳤음에도 불구하고 마치 솜이 와서 부딪친 것 같은 느낌만 미세하게 받았을 뿐이다. 섬모가 충격을 일일이 해소하였기 때문이었다.

"이건 어떻게 상대해야 하지?"

싸우면서 이한열에 대해서 어느 정도 알아차린 상훈현이 질문했다. 생소한 섬모투갑을 보면서 눈동자를 데굴데굴 굴리고 있었다.

"힘으로 찍어 누르는 것이 가장 간단하고, 그렇지 못하면 열과 한기에 이용하면 된다. 솜털로 만들어진 섬모투갑은 열과 한기에 약하니까."

이한열이 이번에도 친절하게 약점을 알려줬다.

파르르르! 파르르르!

상훈현의 흔들리는 협봉도에 시리도록 차가운 기운이 서리기 시작했다. 무형난지도는 기본적으로 차가운 성질을 가지고 있는 무공이었다. 일순간 주변 대기가 차가울 정도로 뚝 떨어져 내렸다.

뚝! 뚝!

대지 위에 푸름을 뽐내던 풀들이 추위를 견디지 못하고 얼어붙었다. 갑작스럽게 닥친 음한진기 앞에서 무너져 내렸다.

음한진기가 가장 심하게 몰리고 있는 중심지에 이한열이 오롯이 서 있었다.

"시원하네. 한여름에 상대하면 더욱 어울리겠어. 강한 음한진기로 인해 섬모투갑의 효능이 이 할 가량 하락했다."

이한열이 섬모투갑에 일어난 변화를 면밀하게 파악하여 말했다.

섬모투갑이 음한진기를 맞이하면서 움츠러들었다.

이 부분을 해결하는 방법이 없는 건 아니다. 섬모에 뜨거운 열기를 전해 주면 지금의 효능 저하를 다시금 되돌릴 수 있다. 진기를 과도하게 소모한다는 단점이 있지만 극한의 경우 사용해도 무방했다.

하지만 이한열이 그런 방법을 택하지 않았다.

'열심히 힘을 썼는데, 무용지물이면 힘이 빠질 거야. 아직 보여 줄 것이 많은 상대인데 의기소침하게 만들 수는 없지.'

이한열이 나름의 이유로 상훈현을 배려해 줬다.

상훈현은 충고와 조언을 잘 듣는 사람이었다. 상대하는 이한열의 조언을 결코 외면하지 않았다. 음공인 무형난지도의 장점을 이용하여 이한열의 섬모투갑을 압박하였다.

휘우우우우! 휘우우우우!

매서운 추위의 삭풍이 마구 휘몰아쳤다. 일대에 서리가 뒤덮이고, 고드름이 맺혔다. 음한지기가 일대를 완전히 덮어 씌웠다.

파파팟! 파파팟!

진동을 멈추지 않고 있는 상훈현의 협봉도가 빙글 한 바퀴 돌아갔다. 검에 맺힌 시린 무형이 도기를 허공에 올올이 풀려나갔다.

츠츠츳!

고드름처럼 생긴 쇄기형의 눈에 보이지 않는 도기가 만들어지는가 싶더니 그대로 도첨에서 뚝 떨어졌다. 만 장 높이의 절벽에서 떨어진 고드름이 땅에 박혀 들 때의 어마어마한 속도로 이한열의 미간에 눈 깜짝할 순간 도달하였다.

아무런 반응을 하지 않고 있는 이한열을 보면서 상훈현이 비릿한 웃음을 지었다.

"흐흐흐흐! 오만함이 너의 죽음을 자초했다."

그는 이번 공격에 대단한 자부심을 가지고 있었다.

그도 그럴 것이 한겨울 철 처마 지붕 위에서 떨어지는 뾰족한 고드름에 단단한 두개골이 뚫려서 죽는 경우가 허다했다. 고드름 형태의 도기는 실제 고드름과 비교할 수 없을 정도로 예리하고 강력했다.

위이이잉! 위이잉!

도기가 매섭게 회전하고 있었다. 얼마나 빠르게 회전을 하는지 마치 정지해 있는 것처럼 느껴질 정도였다. 가공할 회전력에 의해 일대의 대기가 삭풍의 회오리를 일으켰다.

스스스스! 스스스스!

섬모투갑의 섬모들이 미간을 두텁게 뒤덮었다. 마치 살아 있는 생물처럼 외부에서 발생한 위험과 위협에 반응하였다.

그리고 실제적으로 생명을 지니고 있기도 하였다.

시전자의 의지에 따라 움직이기도 하지만 부지불식간에 닥친 위험에 대해서는 섬모가 스스로 반응을 하였다. 의지 이전에 본능적인 삶의 욕구를 가지고 있다고 봐도 무방했다.

끼이이이이잉!

키이이이이이잇!

고드름 형태의 도기가 미간에 형성된 두터운 섬모투갑을 뚫기 위해 회전했다. 뾰족한 도기가 예리함을 마음껏 뽐냈지만 한 번 회전할 때마다 섬모투갑의 섬모 몇 가닥만 나풀나풀 날릴 뿐이었다.

스르릭! 스르릭!

잘려나가는 섬모보다 새롭게 자리를 잡는 섬모의 양이 훨씬 많았다. 새롭게 보충되고 있는 섬모의 양으로 볼 때 도기가 뚫는다는 건 불가능이었다.

"오만할 자격이 있기에 오만할 뿐! 그 이상 그 이하도 아니다."

이한열의 말과 태도에는 오연함이 넘쳤다.

그런데 그런 오연함이 무척이나 자연스러웠다.

그 오연함 속에는 고관대작으로서 심신에 가지게 된 위풍이 있었고, 강호에서 무인으로서 살아가는 마음가짐이 녹아 있기도 했다.

위이잉! 위이잉!

미간에서 도기가 아직까지 맹렬하게 회전을 일으키고 있는데도 불구하고 이한열의 표정에는 여유가 넘쳤다. 크게 효과를 보지 못했음에도 불구하고 상훈현의 표정에는 별다른 변화가 없었다.

싸움은 그 자체로 시련이다. 시련을 통과하지 못한 패자에게 죽음은 자연스럽게 뒤따라온다.

상훈현은 죽고 죽이는 강호의 삶에 익숙해져 있었고, 언제든지 죽을 각오가 되어 있었다. 삶과 죽음이 공존하는 길 위에서 행복을 찾아가는 것이 강호인의 삶이었다.

불리함을 인지하고 있지만 상훈현은 그것이 무슨 상관이냐고 여겼다. 어차피 승부는 이긴 사람의 것, 패자는 유구무언이었다. 지금 할 수 있는 건 과감하게 협봉도를 움직이는 것뿐이었다.

파라라락! 파라라락!

협봉도의 도신이 파도 너울처럼 흔들렸다. 자유롭게 너울거리는 협봉도는 더 이상 틀에 갇혀져 있지 않았다. 지극한 자유를 담고 있는 협봉도가 무형난지도의 초식에서 벗어났다.

"새로운 경지로 나아가는구나."

이한열이 코앞에서 일어나고 있는 협봉도의 변화를 바로

알아차렸다.

무공은 기본기가 중요하다. 모래성 위에 쌓는 성은 언제 무너질지 모르는 사상누각일 뿐이었다. 하지만 기본기가 탄탄해지고 나면 그걸 잊어버려야 하는 법이다.

무공은 틀 안에 갇히면 그 순간 정체한다. 초고수들은 깨달음을 바탕으로 힘을 발휘하는데 틀 안에 갇힌 초식이나 무공은 한계가 뻔했다. 예측할 수 있는 무공만 주구장창 펼치는 적을 초고수는 마치 오이 꼭지 따듯 뚝뚝 수월하게 떼어 낸다.

인간의 한계를 뚫고 진화하려면 초식의 답답한 틀에서 벗어나야 했다.

우우우우우! 우우우우웅!

용음을 토해 내고 있는 상훈현이 빠르게 성장하기 시작했다. 자신이 만들어 놓은 울타리와 한계를 하나둘 깨뜨리면서 진화해 나갔다. 감당하기 힘든 이한열을 만나 죽을 각오를 하며 필사적으로 싸우자 그동안의 한계를 뛰어넘을 수 있었다.

무형난지도의 한계에서 벗어난 상훈현은 자유로웠다.

한 발자국 벗어났기에 무형난지도의 무리와 이치가 그의 눈에 훤히 들어왔다. 그 전의 무형난지도가 혈마의 무공으로 머물렀다면 지금은 상훈현의 독자적인 흐름의 출발이었다.

파파팟! 파파팟!

협봉도가 이리저리 바람이 되어 흔들렸다.

휘이이잉! 휘이이이잉!

그때마다 지독한 추위를 동반한 삭풍이 태풍이 되어 휘몰아쳤다. 기존의 무형난지도가 파괴적이면서 변칙적인 궤적을 그렸다면 지금은 도저히 예상할 수 없는 괴상하고 기괴한 형태를 취했다.

이한열의 두 눈은 새롭게 일어나고 있는 상대의 변화와 혁명을 세세히 살폈다. 머릿속에 차분하게 축적하면서 배울 바를 연신 받아들였다.

무공에서 초식은 도(道)이자 예(禮)였다.

그런데 지금 상훈현이 그냥 닥치는 대로 싸우자고 자유롭게 덤벼들고 있었다.

혈마의 무공에서 진정한 무서움은 바로 이때부터 발휘된다. 체질적으로 틀에 박힌 걸 싫어하는 혈마는 무공에도 그에 대한 실마리를 풀어 놓았다. 죽기 살기로 투혼을 펼칠 경우 혈마의 무공 위력은 기하급수적으로 상승한다.

반짝! 반짝!

이한열의 눈빛이 암천에 흐르는 은하수처럼 유난히 번뜩거렸다.

'혈마는 위대하다. 그렇지만 그의 무공을 파훼할 방법이

없는 건 결코 아니다. 완벽이란 세상에 존재하지 않으니까.'

상훈현을 통해 간접적으로 혈마의 힘을 느끼고 있는 이한
열이 틈을 찾아갔다.

그의 발전은 바로 이런 식으로 이루어졌다.

정석으로 배워 기본기를 탄탄하게 만든 뒤에 뛰어넘기 위
해 무수히 사색했다. 문제의식을 가지고, 싸울 힘을 기른 후
에 도전하여 승리를 쟁취해 냈다.

그는 진취적이면서 도전적이고 창의적인 사고를 가지고 있
는 학사였다. 무한히 사색할 수 있다면 고금제일마 혈마를
넘어서는 것도 꿈이 아니었다.

사색은 성장의 씨앗이 되어 이한열의 자아를 단단하면서
자유롭게 만들었다. 씨앗에서 싹을 틔운 새싹이 혈마라는 자
양분을 발판으로 해서 무럭무럭 성장하고 있었다.

휘이익!

상훈현이 수십 년 삶의 정화가 빙글 회전하고 있는 협봉도
를 통해 찬란하게 피어났다.

파아아앗! 파아아아앗!

허공에 셀 수 없이 많은 꽃들이 피어났다.

그것들은 하나같이 음한진기에 의해 태어난 무형의 꽃들이
었다.

생긴 건 흉악하게 생겼지만 사실 상훈현은 꽃을 사랑하는

사람이었다. 그렇기에 시간이 날 때마다 산과 들을 다니면서 야생화들을 감상하고는 하였다. 수없이 많은 꽃을 봐 온 그의 마음에는 언젠가부터 상상의 꽃 한 송이가 있었다.

그 꽃이 지금 마침내 모습을 드러냈다.

오랜 세월 꿈꿔 왔던 꽃을 목격했을 때의 감격은 경험해 보지 않은 사람은 모른다. 무수히 많이 흘렸던 땀과 실패했던 시간이 지금 순간 모두 보상됐다.

"아아아아아!"

머리에서 발끝까지 질주하는 강렬한 감각에 상훈현이 참지 못하고 울부짖었다. 오랜 세월 꿈꿔 왔던 무형의 꽃을 피워 냈다. 눈에 보이지 않은 무형이지만 지금 순간은 그의 심상에 분명하게 맺혔다.

세상에 존재하고 않고 오직 상훈현의 마음에만 머물러 있던 무형의 꽃은 여섯 개의 꽃잎을 가지고 있었는데 하나하나가 살아 있는 듯 생생하였다. 너무나도 아름다운 꽃이지만 극상의 살상력을 가지고 있었다.

새로운 경지를 밟은 상훈현이 본격적으로 진수를 선보였다.

콰아아앙! 콰아앙!

강렬한 폭음과 함께 일순간 이한열의 얼굴과 심장을 뒤덮고 있는 섬모투갑이 옅어졌다가 다시금 두터워졌다. 지금까지 피해를 거의 입지 않던 섬모투갑이 무형의 꽃 앞에서 부족함을 드러냈다.

휘이이잇! 휘이이잇!

매서운 바람 소리가 울었다.

순간 이한열은 심장을 노리고 쇄도하는 꽃들의 질주를 느꼈다.

섬모투갑의 빈틈을 인지한 상훈현이 심장을 꿰뚫어 단숨에 끝장내려는 심산이었다.

스읔! 슥!

이한열의 우수가 지체하지 않고 움직였다.

쾅!

콰앙!

폭음이 연달아 울렸다.

휘이이이잉! 휘이이이이이!

심장을 파고들려고 하는 무형의 꽃들이 전사와경의 와류경에 휩쓸려 갈기갈기 찢어져 나갔다. 그 과정에서 섬모투갑과 함께 전사와경의 외가비망이 함께 힘을 발휘했다. 내가비망과 외가비망이 합쳐지자 무형의 꽃에 전혀 밀리지 않았다.

외가비망은 내가비망과 함께할 때 비로소 온전하게 발휘된다. 내가비망은 외가비망을 통해 완전한 위력을 토해 낸다. 선과 후가 없이 서로 톱니바퀴처럼 돌면서 횟수를 거듭할수록 더욱 강력해진다.

카아아아아! 카아아아!

와류경이 더욱더 험악해졌다.

이한열이 배교의 비전에서 찾아낸 내가비망의 바탕 위에 외가비망의 전사와경을 펼치자 그동안 감춰져 있던 진정한 위력이 발휘되었다.

슥!

헛되이 산화되고 있는 꽃들을 바라본 상훈현은 마침내 한 걸음 물러나 공격 방법을 바꾸지 않을 수 없었다.

스르르르! 스르르르르!

꽃들의 숫자와 크기를 점점 줄여 나갔다. 어른 주먹만 하던 꽃송이들이 밤톨처럼 작아졌다. 꽃의 크기와 수가 줄어들었지만 전체적인 위력은 더욱 늘어났다. 꽃 하나가 삼여 장을 초토화시킬 수 있는 위력을 지녔다. 그런 꽃들이 물경 백여 개를 약간 상회하고 있었다.

우우우우! 우우우우우!

대기가 가공할 꽃송이들의 위력 앞에 울부짖었다. 일그러지고 있는 대기 흐름 속에 차가운 꽃송이들이 시퍼렇게 번뜩거렸다.

쐐애액! 쐐액!

꽃송이들이 질주하였다.

지독한 흉흉함을 담고 있었지만 실로 아름다운 광경이었다. 눈에 보이지는 않았지만 상훈현과 이한열이 마음껏 이를 감상하였다.

사방에서 휘몰아치는 바람을 타고 꽃송이들이 무한한 변화를 일으켰다. 꽃송이들이 서로 충돌하면서 꽃잎을 허공에 마구 비산하였고, 부딪치면서 예상할 수 없는 방향으로 튀어 나갔다.

피하기나 막기가 무척 난해한 일격이었다.

쇄도하는 꽃의 무시무시한 대진격을 느끼고 있는 이한열의 눈초리가 미미한 떨림을 나타냈다. 웃음이었다. 마찬가지로 꿈틀거리면서 웃고 있는 입꼬리가 보였다.

팟!

이한열이 땅을 박차고 앞으로 활에서 벗어난 화살처럼 쏘아져 나갔다. 처음으로 제자리에서 기다리지 않고 능동적으로 맞대응을 해 나갔다.

씨익!

상훈현이 환하게 웃었다.

오롯이 서서 상대하는 이한열을 보면서 자존심이 많이 상했었는데 이번 기회에 보상을 받았다.

"비로소 나를 증명했다."

그는 이한열의 친절하면서 강압적인 가르침으로 인해 새로운 경지에 올라섰다는 걸 잘 알았다. 마치 선생님 앞에서 제자가 좋은 성적을 자랑하는 것과 비슷한 심정이었다.

제자리에 두 발을 뿌리내리고 있던 이한열이 빠르게 움직이고 있는 모습은 상훈현에게 훈장이나 마찬가지였다.

"하하하하!"

이한열에게서 눈을 떼지 못하고 있는 상훈현이 호쾌한 웃음을 터트렸다.

휘이익!

이한열이 쇄도하는 꽃의 물결 속으로 뛰어들었다.

파파팟! 파파팟!

이한열의 우수와 좌수가 자유분방한 가운데 맹렬하게 흔들렸다.

콰쾅! 콰콰쾅!

폭음이 터지면서 쭉 뻗었던 우수가 뒤로 접히며 강하게 튕겨져 나왔다. 좌수 역시 마찬가지였다.

이한열이 몸으로 전해지는 파괴력을 받아들이면서 깊이 있는 성찰을 통해 최적의 해법을 찾아갔다. 그리고 꽃을 때리면서 실랑이하던 우수가 오른쪽으로 꺾이는 동시에 몸이 오른발을 축으로 빙글 회전을 일으켰다.

휘리릭! 휘리릭!

회전을 하는 이한열이 폭발의 반발력을 이용해서 눈부시게 이동했다. 마치 이형환위를 펼치는 것처럼 잔상을 일으키면서 우측으로 벼락처럼 움직였다.

콰아앙! 콰앙!

양손이 번갈아 가면서 꽃을 때렸다. 강력한 힘을 품어 묵빛으로 번들거리는 손앞에서 꽃들이 꽃잎을 떨어뜨리며 산화했다.

극심하게 변화하는 꽃의 물결 속에서 이한열이 변수가 되었다. 주도권을 움켜잡으면서 변화의 주도권을 쥐었다.

꽃의 물결이 이한열을 공격하는 것이 아니었다.

반대로 이한열이 꽃의 물결을 박살 내기 위해 공격하고 있었다.

이 차이가 무척이나 컸다.

주도권을 움켜잡고 있는 이한열이 동시에 협공을 당하지 않고 시간차를 두고서 꽃의 물결들을 하나하나 박살 내 갔다.

"기본적인 몸놀림이 참으로 환상적이구나. 평생 수련해야 한다고 생각하고 있기는 했지만 기본기가 예술적으로 보일 수 있다는 걸 비로소 오늘 알았다."

상훈현이 이한열의 움직임에서 눈을 떼지 못했다. 하나하나의 기본적인 동작은 그도 잘 알고 있는 것들이었다. 하지만 지켜보면서 새롭게 개안을 하고 있었다.

"일체의 군더더기가 없다."

상훈현은 이한열에게서 빈틈을 발견해 내지 못했다.

사실 어려운 문제를 풀기 위해서는 창의적인 사고도 필요
하지만 탄탄한 기본이 중요했다. 기발한 묘수는 생각날 때에
나 힘을 발휘하지만 기본기는 언제 어디서나 통한다.

상훈현이 감탄하고 있었지만 정작 이한열은 만족을 모르
는 사내였다.

'더 빠르게! 더 간결하게!'

이한열은 끊임없이 동작을 끊었다. 시시각각 변화하는 흐
름 속에서 찰나의 시간을 자르고 또 잘라서 최적의 선택을
해 나갔다. 머릿속이 분주하게 돌아가는 가운데 마음과 몸이
하나로 일치하는 걸 깨닫고 진한 개운함을 느꼈다. 머리가
생각하는 순간 몸이 어느 방향으로 가야 하는지 그 답을 행
했다.

콰콰쾅!

이한열이 마지막 남은 꽃송이를 거칠게 후려쳤다.

상훈현은 꽃송이들의 산화 따위는 신경도 쓰지 않았다.

휘익!

그가 앞으로 빠르게 질주하면서 협봉도에 몸을 맡겼다. 펄
떡거리는 협봉도가 살아 있는 것처럼 나아가야 할 길을 스스
로 찾아가도록 도왔다.

스르릭! 스르릭!

건장한 체격의 그가 협봉도로 스며들어 갔다.

스팟!

협봉도가 스스로 공중으로 솟구쳐 올랐다.

진정한 신도합일이었다.

황홀한 기본기를 목격한 상훈현이 기존에 행하지 못했던 신도합일을 펼쳐 냈다.

백문이 불여일견!

직접 눈으로 본 이한열의 기본기는 상훈현에게 이루 말할 수 없는 감흥을 안겨 줬다. 그 감흥의 산물 가운데 하나가 바로 신도합일이었다.

같은 시간에 이한열와 상훈현이 서로에게 영감을 마구 선사했다. 두 개의 톱니바퀴가 맞물려 돌아가면서 하나의 조화를 이뤄 냈다.

쐐애애액!

협봉도가 부드러우면서도 간결하게 움직였다. 자유분방한 가운데 군더더기가 일체 없는 궤적 속에서 무형의 꽃 한 송이가 피어났다.

여러 송이를 난발해 봤자 강자인 이한열에게 소용이 없다는 걸 알게 된 상훈현이 단 하나의 꽃송이에 집중했다. 지금까지 피어났던 어떤 꽃보다 화려하고 아름다우면서 웅장했다.

"멋진 신도합일에 아름다운 꽃을 피웠구나. 훌륭하다."

환한 미소를 피운 이한열이 감탄했다.

비록 가지고 있는 힘을 모두 끌어내지 못할 정도로 그는 이한열의 적수가 되고 있지는 못하지만 지금까지 무척 만족스러웠다.

무위는 낮았지만 상훈현으로부터 배운 바가 적지 않았다.

"만족을 준 만큼 새로운 세계를 보여 주지."

이한열이 입가에 미소를 매단 채 그대로 선언했다.

그가 마지막 순간을 제외하고 대등하게 싸우면서 상훈현의 모든 걸 쏙쏙 빼먹으려고 하던 마음가짐을 바꿨다. 열정적으로 매순간 사력을 다해 덤벼 오는 상훈현에게 약간이나마 가지고 있는 힘의 일부분을 보여 줄 작정이었다.

카아아아! 카아아아!

이승이 아닌 지옥을 비롯한 다른 세상의 힘을 불러올 수 있는 문자, 지옥제문이 천인혈골에 새겨지면서 음산한 귀풍이 이한열을 중심으로 휘몰아쳤다. 살아 있는 모든 것들은 지옥의 바람인 귀풍 앞에서 생기를 빼앗긴다.

푸스스스! 푸스스스!

싱그러운 녹색을 자랑하던 나무와 풀들이 일제히 고사하기 시작하였고, 흙과 바위들까지 퍼석퍼석해지면서 바스러졌다.

카아아아아! 카아아아아!

귀곡성과 함께 일어난 이한열의 전면에 꿈틀거리는 거대한 환영이 모습을 드러냈다. 아니, 환영이 아닌 실체였다. 하늘에서 쏟아지고 있는 따가운 햇살에 환영의 그림자가 만들어졌다.

무척추동물처럼 연신 꿈틀거리고 있는 실체는 마치 거대한 입처럼 보였다.

"귀계에서 잠시 현세로 불러온 아귀이지."

이한열이 아귀를 바라보면서 사랑스럽다는 눈빛을 보냈다.

꿈틀! 꿈틀!

징그러운 외형과 달리 아귀가 이리저리 일그러지면서 현세로 불러 준 이한열에게 많은 감사의 인사를 보내고 있었다.

마치 사랑을 갈구하는 한 마리의 애완동물처럼 보였다.

"느낄 수 있지? 쇄도하고 있는 저 꽃송이를 먹어라."

이한열이 지시하였다.

시시각각 다가오고 있는 꽃송이를 아귀가 분명하게 인식하였다. 눈보다 오감이 비상식적으로 발달한 아귀였기에 무형의 강력한 기운을 감지하는 건 어려운 일이 아니었다.

"카아아아아!"

강력한 기운을 접한 아귀가 기쁨의 탄성을 터트렸다. 배불리 먹을 수 있다는 자체가 우선 본능적으로 기뻤고, 또 꽃송이를 먹고 성장할 수 있다는 사실이 즐거웠다.

꿀꺽!

아귀가 꽃송이를 게걸스럽게 송두리째 삼켜 버렸다.

퍼펑펑펑!

입 안에서 폭음이 터지며 아귀의 몸이 풍선처럼 부풀어 올랐다. 질기고 단단하면서 유연성이 탁월한 몸체가 폭발력까지 흡수하였다.

"카아아아!"

배부르게 식사를 한 아귀의 몸이 방금 전보다 일 촌가량 커졌다.

부비! 부비!

이한열의 발에 달라붙은 아귀가 애교를 부렸다.

"후후후! 다음에도 먹을거리가 있으면 너를 불러 주마."

처음 지상계로 불러온 귀계의 생물체 아귀에 대해 이한열이 많은 만족감을 드러냈다.

하지만 그는 사랑스럽게 보이는 아귀가 얼마나 잔혹한 생물인지 알았다. 만약 먹을거리를 주지 못하면 소환한 주인까지 잡아먹는다는 걸 인지했다.

실제로 아귀에서 잡아먹힌 주술사들의 안타까운 이야기가

존재하였다. 하지만 그건 능력이 없는 자들의 일일 뿐이었다. 배교의 지존으로서 주술에 능통한 이한열에게는 먼 나라 이 야기일 뿐이었다.

이한열이 아귀와 즐거운 시간을 보낼 때 상훈현은 큰 피해 를 입었다.

"커헉!"

기로 연결된 꽃송이가 송두리째 잡아먹히자 신도합일이 풀 린 상훈현이 붉은 피를 왈칵 토해 냈다. 오장육부가 송두리 째 흔들리는 충격과 함께 큰 내상을 입었다.

"쿨럭! 아귀를 불러오다니…… 무사가 아닌 주술사란 말인 가?"

상훈현이 믿을 수 없다는 듯 눈을 부릅떴다.

피부를 찌릿찌릿하게 울리던 이한열의 무위만 해도 경악을 금치 못할 지경이었다. 그런데 뜬금없이 주술이라니?

그가 주술에 대해서 아는 바가 많지 않지만 결코 쉽지 않 은 영역이라는 걸 알았다. 그도 그럴 것이 강호행을 하면서 주술사와 도사를 만난 적이 한 손에 꼽을 정도로 적었고, 그 가운데 귀신을 불러온 자는 한 명도 없었다.

무공과는 이질적으로 차원이 다른 주술을 발휘하여 아귀 를 실체화한다는 건 어려웠다. 현 강호에서 주술의 명맥은 거 의 끊어졌다시피 했다.

"주술을 익힌 무인이라고 하는 편이 옳겠지."

물음을 그냥 넘어가는 법이 없는 이한열이 자신에 대해 정의를 내렸다.

그에게 주술과 무공 둘 가운데 어느 쪽이 주냐고 물어본다면 대답하기 참으로 난감했다. 처음에는 무공을 익혔지만 배교 주술의 영향으로 커다란 기연을 얻었다. 그리고 무공과 함께 주술이 큰 영향을 끼치기 시작했다. 어느 한쪽에 치우치지 않고 주술과 무공에 대해서 중용의 마음으로 공부하고 있었다.

"허허허! 쿨럭…… 강호에 신성이 등장하였구나."

피를 토해 내는 가운데 상훈현이 이한열을 뜨거운 눈길로 주시하였다. 금방이라도 쓰러질 것처럼 창백해지고 있는 안색에도 불구하고 꼿꼿하게 서 있었다.

"이번이 마지막이네. 더 이상은 버틸 여력이 없어."

상훈현이 협봉도를 단단히 부여잡고 단전의 내공을 전력으로 끌어올렸다. 고통과 장애를 무시하면서 마지막을 불태웠다.

찌릿! 찌릿!

바늘로 콕콕 찌르는 것 같은 통증과 함께 끊어지고 망가진 혈도에서 연신 비명이 울렸다. 금방 쓰러져도 이상하지 않을 내상에도 불구하고 평생 수련한 모든 걸 이번 일격에 집어넣겠다는 의지의 승리였다.

하지만 안타깝게도 의지만으로 모든 걸 행할 수는 없는 법
이었다.

휘이이이! 휘이이이!

입에서 흘러내린 피로 인해 붉게 칠해진 협봉도가 허공을
갈랐다. 신도합일에서 펼쳐 냈던 한 송이 꽃보다 위력이 현저
하게 약해져 있었다.

이한열이 최후의 순간까지 포기하지 않고 기개를 뿜내는
상훈현에게 감탄했다. 호감 가는 사람과 싸운 그의 입가에
미소가 점점 진해져 갔다.

이것이 바로 진정한 무인들의 싸움이었다.

그때였다.

카아아아! 카아아아아!

혈선의 기운을 듬뿍 머금고 있는 천인혈골이 울부짖었다.
혈마의 무공을 익힌 상훈현을 갈기갈기 찢어서 죽이라고 난
리 쳤다. 지독한 살의가 무럭무럭 이한열의 마음을 자극하
였다.

"심신의 주인은 나다. 함부로 날뛰지 마라!"

이한열이 일갈을 터트렸다.

혈선과 천일혈골의 저주 앞에서 맹목적으로 끌려 다니고
싶은 마음은 눈곱만치도 없었다.

게다가 상훈현은 무척이나 마음에 쏙 드는 인물이었다.

혈마의 무공을 익혔다고 해서 죽이고 싶지 않았다.

턱!

이한열이 우수로 쇄도하는 협봉도를 움켜잡았다.

철사장과 함께 혈혼피로 보호받고 있었기에 예리한 협봉도의 날에 생채기 하나 입지 않았다.

만근거암이 내리누르는 듯 협봉도가 이한열의 손아귀에서 옴짝달싹하지 못했다.

"패배를 인정하오. 마음대로 하시오."

죽음을 각오한 상훈현이 가만히 눈을 감으며 목을 길게 뺐다. 목을 향해 살수가 떨어진다고 해도 웃으면서 죽을 수 있었다.

슥!

이한열이 움켜잡고 있던 검을 가만히 놓아주었다.

"그대의 꽃은 치명적일 정도로 아름다웠소. 하지만 부족함이 있는 것이 사실이오."

"무엇이 부족한 것이오?"

번쩍!

감고 있던 두 눈이 부릅떠졌다.

죽음까지 받아들였던 그의 정신이 새롭게 나아갈 수 있는 배움에 목말라 있었다. 지금 당장 죽는다고 해도 앞으로 나아갈 실마리를 얻고 싶었다.

그는 호흡이 멈추는 날까지 성장을 멈추고 싶지 않은 무인이었다.

"산과 들에 피어난 꽃들은 왜 모양이 다를까? 왜 어떤 꽃은 봄에 피고, 어떤 꽃은 겨울에 필까? 겨울에도 싱싱한 꽃잎을 자랑하는 꽃에는 어떤 기운이 있을까? 꽃잎의 개수와 모양이 다른 이유는 무엇인가? 꽃은 어떤 토양에서 잘 자라는가? 꽃에 생기는 병과 벌레들은 득인가, 독인가?"

"그것이……."

"조그마한 것들도 놓치지 않고 자세히 들여다보라. 꽃들이 무슨 소리를 하는지 귀를 기울이고 관찰하라! 머릿속에 늘 왜 라는 물음이 떠나지 않도록 하면 지금보다 나은 공부를 얻을 수 있을 것이다."

때로는 얼마나 많은 공부를 하느냐 보다 얼마나 심도 있게 깨달았느냐가 중요할 때가 있다. 일정한 경지에 오른 사람들에게는 누구에게나 적용되는 진리였다. 눈부시게 성장을 한 성훈현에게 가장 필요한 진리 가운데 하나였다.

최선을 다해서 공부한 이한열을 뱀처럼 지혜로웠다. 지식과 지혜로 무장한 상태면서도 인내와 겸손으로 다가온 상대 성훈현을 존중했다. 받은 바가 많고 호감을 느꼈기에 일부를 되돌려 줬다.

오는 만큼 가는 법!

이한열이 착실하게 행하는 가치관이었다.

"아!"

상훈현이 탄성을 터트렸다.

이한열의 조언을 전해 들은 상훈현의 창백한 안색에 혈색이 일부 돌아왔다. 지금까지 간과하고 있던 바를 알게 되자 마음이 절로 일어나면서 생긴 변화였다. 커다란 내상을 입은 육체에 싱싱하고 건강해질 기틀이 마련됐다.

병 주고 약 준 꼴이었다.

꾸벅!

상훈현이 이마가 땅에 닿을 정도로 공손하게 진심을 담아 인사하였다.

"고맙습니다."

존대를 한 그는 나이와 위치를 떠나 이한열을 마음의 스승으로 삼았다.

그는 강호행을 오랜 세월 해 오면서 자신보다 강한 고수들을 여럿 만나 왔다. 하지만 그들 가운데 이한열처럼 자상하게 조언을 해 준 사람은 단 한 명도 없었다.

"나 역시 고마웠소."

이한열이 즐거운 비무를 통해서 배운 바가 적지 않았다.

가르치면서 배웠다고 할까?

남자들끼리의 작별 시간이 길어서 좋은 건 별로 없었다.

슥!

배울 걸 배우고 가르칠 걸 가르친 이한열이 가만히 등을 돌렸다.

"존함이 어떻게 되십니까?"

"진사 이한열이라고 하오."

"헉!"

주술과 무공을 동시에 익히고 있다고 해서 그렇지 않아도 기겁했는데 과거에 급제한 학사라는 사실에 다시 상훈현이 놀랐다.

하지만 다시 생각해 보니 납득이 갔다.

"친절한 설명과 함께 논리적인 가르침! 진사였기에 가능한 것이었을 수도 있어."

상훈현이 멀어져 가는 이한열의 등을 바라보면서 중얼거렸다. 묵묵히 제자리에 서서 작은 점이 되어 버린 이한열을 계속 응시하였다.

"진사의 강호행이라? 진사강호? 아니 진사의 무림행이라는 표현이 더 어감이 좋군. 진사무림! 진사무림하는 이한열 학사의 앞날이 무척이나 기대되는구나."

직접 경험해 본 결과 실로 믿기지 않은 기연과 배움을 얻은 상훈현은 이한열로 인해 강호에 많은 변화가 일어나게 될 거라는 걸 직감했다. 단순한 느낌이 아니라 확신을 가졌다.

"이한열 학사에게 부족하지 않은 사람이 되자. 그렇기 위해서는 가르쳐 준 바를 모조리 습득해야 한다."

상훈현이 이제 시야에 보이지 않는 이한열을 생각하며 각오를 다졌다. 강호의 새로운 물결에서 밀려나지 않기 위해서는 불철주야 노력해야 했다.

"다음에 또 경험할 수 있을까? 정말 짜릿했어."

이한열의 매력에 푹 빠진 상훈현이 진하게 웃었다.

第九章
진사혈투

황실의 문화전대학사라는 관직과 진사라는 학사 신분을
숨기지 않고 떠벌리듯 이야기하는 이한열의 비무행은 강호에
큰 파장을 불러일으켰다.

국가와 백성을 상대로 부정부패와 비리를 저지른 무림집단
을 무력으로 엄벌하는 무림 정화 운동에 대해서 강호인들이
반발하였다. 관과 무림은 관여하는 않는다는 원칙을 내세워
강호의 일은 강호에 맡겨야 한다는 논리였다.

많은 강호인들이 반발하고 있었지만 일부의 강호인들은
용납하자는 주의였다. 문화전대학사인 이한열도 강호인이라
는 시각이었다.

황실이나 조정의 힘을 이용하면 문제가 발생할 수 있지만 일신의 무력을 바탕으로 해서 비무 행각을 이어 가는데, 이를 막을 도리가 없었다. 황실 고수 혹은 새외 무림의 초고수들의 일인 비무행은 오래전부터 내려오는 관습적인 전통이었다.

다만 이한열이 그런 고수들과 다른 점이 있기는 했다.

고수들이 대체적으로 소속을 숨기거나 비밀로 한 반면 이한열은 적극적으로 자신의 신분을 알렸다. 그러면서 혈마의 무공을 익힌 고수들과의 비무를 지속적으로 펼쳐 왔다.

다른 모든 걸 제쳐 놓고 강력한 고수들의 비무는 그 자체만으로 강호인들을 매료시켰다. 피 터지게 싸우는 강자에 대한 예우와 존중을 강호인들이 기본적으로 가지고 있었다.

이한열의 비무행이 소문이 나기 시작했다.

고금제일마 혈마의 무공을 익힌 고수들만 찾아가서 싸우는 이한열의 명성이 점점 드높아졌다.

별호도 생겨났다.

진사혈투!

진시가 피를 두려워하지 않고 싸우는 모습에 매료된 강호인들이 이한열에게 붙여 준 멋들어진 별호였다. 그러나 그 별호 이면에는 무자비하게 잔혹한 손속의 악명이 녹아 있었다. 이한열의 손 아래 고혼이 된 자들의 수가 백여 명을 넘어섰다.

정작 나중에 별호를 전해 들은 이한열은 마음에 쏙 들어 했다. 젊은 나이에 강자로 인정받아 급부상을 하였지만 강호에는 여전히 강자들이 잔뜩 깔려 있었다.

이한열으로서는 진사와 문화전대학사라는 신분을 무기삼아 화려하게 강호에 등장한 셈이었다. 황실과 조정을 배경으로 하고 있는 강한 무력을 가진 관리라는 사실로 인해 강호에서도 권위를 내세울 수 있었다.

"서신을 보낸 자네는 누구인가?"

"진사 출신의 문화전대학사 이한열이라고 하오."

"으음! 진사혈투."

한 자루 창을 등에 걸치고 인적을 찾기 어려운 생사 비무 장소에 나와 있는 중년인의 안색이 일그러졌다.

창문소씨세가의 가주로 있는 소창일은 삼일 전에 전해진 서신을 접하고 난 뒤 끙끙 고민을 해야만 했다. 서신에는 창문소씨세가의 비밀스러운 사금 채취에 대한 이야기가 적혀 있었는데, 불법적으로 행해 온 사금 채취 이득금을 관청에 반환하라는 내용이었다.

"사금채취 이득금만 반환하면 되는 일이오?"

"사금 채취를 통해서 획득한 이득을 반환하면 무탈하게

끝낼 수 있소."

"알겠소."

머리를 쥐어짜 가면서 고민을 해 봤지만 결국 소창일이 이득금을 반환하는 쪽으로 결론을 내렸다.

황실과 조정에 있어 불법적인 사금 채취는 국가 경제의 근본을 위협하는 행위로 인식되었다. 사사롭게 사금을 채취하는 건 대명 법률에 명시하여 엄금하고 있었고, 그 처벌도 무척이나 잔혹했다.

"사금 한 량에 은 이십 냥 정하였으니 그에 따라 이득금을 반환하면 될 것이오."

"지금 시세가 금 한 냥에 은 열두 냥인데 어찌 그렇게 말씀하시오?"

"불법적인 일을 한 잘못이 아니겠소? 불법을 저질러 획득한 이득금으로 많은 돈을 벌어들였다고 알고 있소이다. 불법 이득금 위에서 발생한 이익금도 모두 환수 대상이라오."

이한열이 소창일을 강하게 내몰았다.

그가 창문소씨세가의 사금 채취를 국가경제에 대한 도전으로 규정하고 가혹한 처벌을 내놓았다. 사금 채취를 눈감아 준 관리까지 감옥에 가둔 뒤에 처벌할 것을 상소문을 보내 조정에 요구하였다. 허락을 받고 난 뒤에 뇌물을 받아먹은 관리와 이를 알면서도 보고하지 않은 관리들까지 모조리 처벌하였다. 무능력하여 사금 채취를 몰랐던 억울한 관리가 없는 건 아니었지만 발본색원하였다. 무능력한 것도 죄라고 보았기 때문이었다.

"가문의 재산을 모두 합해도 부족하오."

"괜찮소. 남은 빚은 몸으로 때우면 되니까. 건장한 체격이니 노역장에서 하루 노역비를 많이 챙겨 줄 수 있겠소. 열심히 일하다 보며 빚은 금방 갚을 수 있지."

이한열이 부드럽게 통보했다.

엄하게 단속하여 앞으로 불법적인 사금 채취를 함부로 행하지 않도록 일벌백계의 본보기로 삼을 작정이었다. 이번 일에 연루된 관리들이라면 모두 삭탈관직되거나 유배를 떠나야 했고, 불법적으로 이득을 본 사람들도 모두 토해 내야 했다.

'적당하게 해 먹어야지. 나라를 좀먹어가면서 비리를 저지르면 되겠어.'

이한열의 눈빛이 시리도록 차가웠다.

적당히 챙기는 뇌물은 인간관계에 있어서도 도움이 되는 아주 좋은 기름칠이자 유화책이었다.

그가 챙기는 뇌물들은 모두 누이 좋고 매부 좋고 나라까지 좋아지는 것들이었다. 자신도 적당하게 챙겨 먹기 위해 위아래의 눈치를 살피며 머리를 쥐어짜 내고 있는데, 대놓고 마구 해 먹으며 안락한 삶을 보낸 좀벌레를 보니 용서하지 못했다.

독한 처방에는 이한열이 자신보다 많이 해 먹은 관리와 창문소씨세가에 대한 분노가 일부 녹아들어 있었다. 사심이 포함되어 있기는 했지만 죄인을 대하는 태도가 마치 추상처럼 시렸다.

와그작!

협상을 하자는 것이 아니라 일방적으로 시비를 거는 이한열의 말에 소창일의 얼굴이 코 푼 휴지 조각처럼 확 찌푸려들었다.

"이 정도면 막 나가자는 것인데, 좋게 타협을 합시다. 선처를 해 주신다면 은혜를 잊지 않고 크게 사례를 하겠습니다."

"불법과의 타협이라? 뇌물수수죄 추가네."

이한열이 일언지하에 거절했다.

사금 채취에 대한 불법 이득금을 국고로 환수하면서 숟가락을 얹을 작정이었다. 소창일에게서 받지 않아도 흔적을 남기지 않고 알아서 깔끔하게 찾아 먹을 수 있었다.

소창일에게 불법까지 저질러가면서 억척스럽게 모은 돈을 모두 빼앗긴다는 건 커다란 두려움이었다. 게다가 노예처럼 노역형까지 해야 한다는 사실이 그를 막다른 선택까지 하게 만들었다.

회유책이 통하지 않자 소창일의 얼굴이 딱딱하게 굳어졌

다. 그것도 잠시 뿐 그의 입꼬리를 타고 비릿한 살기 어린 웃음이 피어났다.

"가문을 해체해서 새로운 근거지로 옮겨야겠군."

소창일이 칠십 년 이상 유지되어 온 창문소씨가문을 버리기로 마음먹었다. 불법으로 축적한 막대한 재산을 바탕으로 가문 전체를 머나먼 곳으로 옮기고 이름까지 개명하여 멋지게 새로운 삶을 살 계획을 꾸렸다.

"좋은 생각!"

이한열이 손뼉을 치면서 감탄했다.

짝! 짝!

짝! 짜악!

그가 불법 이득금 환수와 노역형을 면하기 위해 가문까지 해체한다는 신선한 소창일의 발상에 박수를 격하게 보냈다.

"그 전에 네놈의 주둥이부터 꼬치처럼 창으로 꿰뚫어 줘야겠구나."

스팟!

죽일 이한열의 주둥이가 열릴 때마다 속에서 천불이 났던 소창일의 눈에서 흉광이 쏟아졌다.

"현직 고위 관리 살인미수 죄도 추가된다는 사실을 알아 둬. 고위 관리에 대한 살인 혐의는 괘씸죄가 적용되니까 이제 그대의 평범한 삶은 끝난 거지. 내가 그렇게 만들어 줄 거다.

넌 이제 인생 조진 거지."

이런 와중에도 이한열이 입, 소창일에게 있어 주둥이를 쉬지 않았다.

"하룻강아지 범 무서운 줄 모르고 날뛰는구나. 명성을 조금 얻었다고 마구 날뛰는 모양인데 이번에는 사람 잘못 만났다."

살기가 충천한 소창일에게서는 묘한 여유가 넘쳤다.

"잘못된 이유를 알려 줘."

"내가 혈마의 창술을 익히고 있다고 있다는 사실은 강호에 널리 알려져 있지."

끄덕! 끄덕!

이한열이 고개를 위아래로 움직였다.

그가 소창일을 찾아온 건 사금 채취도 문제였지만 바로 혈마의 창술 혈해마창을 익히고 있다는 이유가 컸다. 혈해마창 건이 없었다면 구태여 직접 방문할 필요가 없었다.

"그렇지만 그건 겉으로 드러난 것일 뿐이다. 나는 혈마의 고급심법 가운데 하나인 혈해세심을 극성에 달할 정도로 익히고 있다. 진실된 힘 앞에서 너 따위는 본 좌에게 벌레보다 못하다."

소창일이 꽁꽁 숨겨 뒀던 비밀을 처음으로 밝혔다.

혈마의 무공들은 독문심법을 익혔을 때 파괴적인 위력이

제대로 모습을 드러낸다. 독문심법이 없으면 반쪽짜리의 효능만 발휘된다. 심법과 무공은 실과 바늘처럼 서로 긴밀하게 이어져 있었다.

이한열을 똑바로 바라보고 있는 소창일이 잔뜩 기대하고 있었다. 자식에게까지 감추면서 꽁꽁 숨겨 둔 비밀을 밝힌 건 이한열의 절망스러운 표정을 보기 위해서였다.

"아! 그건 몰랐네."

기대하고 있다가 잔뜩 실망한 이한열이 대수롭지 않게 반응했다.

개미가 사마귀로 변했다고 해서 사람이 두려워할까?

사람은 개미와 사마귀를 언제든지 발로 짓밟아서 죽일 수 있다.

바로 지금 소창일이 이한열에게 있어 그런 경우였다.

강호에 출두해서 이한열이 드러낸 힘은 단지 빙산의 일각에 불과했다. 드러난 부분보다 드러나지 않은 부분이 엄청나게 크고 깊었다.

이한열이 아직까지 숨겨 둔 비전의 힘을 감당할 무인을 만나지 못했다.

소창일의 발언은 소위 번데기 앞에서 주름을 잡는 꼴이었다. 그러니 이한열의 반응이 심드렁할 수밖에 없었다.

삐죽!

예상한 반응과 다르게 나오는 이한열을 바라본 소창일의 관자놀이에 혈관이 지렁이처럼 튀어나왔다.

슥!

그가 등 뒤로 팔을 뻗어 창을 움켜잡았다.

애창인 죽염창의 뜨거운 열기가 분노한 이성을 차갑게 만들어 줬다.

세상에서 찾아보기 힘든 죽염은 뜨거운 화기를 먹고 자라는 대나무로 강철처럼 단단하면서 대나무 특유의 탄력이 넘친다. 그리고 산산이 파편으로 쪼개졌다가 다시금 합해지는 특이한 능력이 있었다.

죽염으로 만든 병기는 그 자체만으로 신병이라고 할 수 있었다.

강호인들은 천금을 주고서라도 죽염을 구하려고 하였다.

소창일이 죽염을 획득하기 위해서 치른 금액이 가히 엄청났다. 사금 채취를 통해 얻은 이득금 가운데 적지 않은 금액이 죽염 구입과 죽염창 제작에 소모됐다.

"압수해야 할 물품 일 호의 등장이로군."

황궁 비고에 가져다 두면 어울릴 죽염창을 보면서 이한열의 눈빛이 반짝거렸다. 진상 받고 좋아할 주수선 군주마마의 모습이 떠올랐다. 그렇기에 번거롭더라도 파괴하지 않고 멀쩡한 상태로 압수하려고 마음먹었다.

휘익!

소창일이 죽염창을 내질렀다.

점과 점을 잇는 무수히 많은 궤적들 가운데 최단의 직선이 허공에 그려졌다.

투투툭! 투투툭!

죽염창에서 묘한 소리가 울렸다.

순간 죽염창이 쩍쩍 갈라졌다. 탄탄하게 하나로 뭉쳐 있던 죽염창이 일순 길쭉한 열 개의 대나무 창으로 늘어났다. 대나무 창들은 또 하나의 죽염창들이었다. 크기와 두께만 다를 뿐 일순간 죽염창이 열 개로 늘어난 것과 똑같았다.

약간의 진기를 사용하기는 하지만 십방분염죽이라는 것으로 죽염창의 효능을 최대한 이용해서 소창일이 만든 공격법이었다. 무공의 초식이 아니라 단지 병기의 성능만으로 열 개의 방위에서 동시에 공격을 펼치다니 놀랍고도 신기했다. 십방분염죽에 의해 꼬치처럼 꿰뚫려 죽은 무인들의 숫자가 상당했다.

이한열이 위험한 죽염창들이 쇄도하는 모습을 진지한 눈빛으로 바라보았다. 배울 바가 많기에 위험한 공격이 쇄도할 때마다 더욱 열중하게 되었다. 항상 배움에 목말라하고 있기에 위험할수록 짜릿한 전율을 느꼈다.

이한열의 뇌리가 쇄도하는 죽염창의 두께와 너비, 무게, 찌르는 궤적 등을 복합적으로 계산하였다.

단순한 찌르기였다.

하지만 그건 단순히 겉모습일 뿐이었다.

찌르기의 직선 궤적은 소창일의 경험들과 생각을 거친 끝에 정교하게 만들어진 것이다. 그리고 그 직선이 열 개로 나뉘면서 곡선들이 만들어졌다.

하나하나의 미세한 곡선들이 소창일의 무수히 많은 시도 끝에 탄생되었다는 걸 이한열은 잘 알았다.

후우우웅! 후우우웅!

후우우우우우웅!

바람을 가르며 쇄도하는 열 개의 죽염창들이 하나같이 강력한 힘을 뽐냈다.

"기물이라는 죽염을 직접 느껴 보자."

이한열이 닥쳐들고 있는 죽염창을 향해 몸을 던졌다.

그는 나무의 재질이라든가 각 나무의 장점 등에 대해서 알고 있었다.

참나무는 잘 쪼개지는 기질이 있어 자르기 쉬운 편이며, 단풍나무는 땔감으로 사용하기 좋아서 사시사철 사람들에게 인기가 많은 나무이다. 삼나무는 약하고 가벼운 성질이 있는 목재로 단단한 곳에 쓰기엔 알맞지 않지만 지붕을 이거나 기둥으로 쓰기에 적합하다. 가연성이 있기에 땔감으로 사용하면 기름을 부은 것처럼 활활 타오른다.

이한열이 죽염에 어떤 특성이 있는지 무척이나 궁금했다.

호기심을 충족하는 건 건 어렵지 않았는데, 직접 몸으로 부딪쳐서 보고 느끼면 됐다.

휘이잇!

잔뜩 비틀렸다가 앞으로 뻗어나간 이한열의 우수에는 전사와경이 펼쳐졌다.

팡!

경쾌한 소리와 함께 죽염창이 부러질 것처럼 크게 낭창낭창 휘어졌다. 휘청거리면서 충격을 날려 버리고 멀쩡하게 다시금 움직였다.

"호오! 보검이라고 해도 견디기 힘든 강렬한 힘을 실었는데도 거뜬히 버티네."

이한열이 탄성을 터트렸다.

찰나!

다시금 좌수가 앞으로 포탄처럼 튀어나갔다.

파아앙!

경쾌한 소리와 함께 머리를 노리고 날아들던 죽염창이 휘청거리는가 싶더니 이내 뚝 두 조각으로 부러졌다. 견디지 못할 충격으로 인해 부러진 죽염창 두 조각이 땅으로 떨어졌다.

천고의 기물 죽염이라고 해도 강한 힘 앞에서는 결국 박살

난다.

파아앙! 파앙! 파아아아앙!

투투툭! 투투투툭!

경쾌한 소리와 함께 죽염창 조각이 이한열의 주변에 우수수 떨어졌다.

"돌아와라!"

소창일이 손에 움켜잡고 있는 죽염창의 손잡이를 가볍게 돌렸다.

스스스스! 스스스스!

박살 나서 흩어져 있던 죽염창의 파편들이 다시금 모여들었다. 그 모습이 집 나갔던 새끼들이 밥 먹을 시간이 되어 어미를 찾아서 돌아오듯 자연스러웠다.

죽염창은 결코 박살 나지 않는다.

"어떠냐? 불멸의 죽염창이 너를 꿰뚫어 줄 것이다."

보란 듯이 죽염창의 성능을 뽐낸 소창일이 득의만만해했다.

"멋있다."

이한열이 신비한 죽염의 성능을 발견하고는 거기에 푹 빠졌다. 대나무의 형상을 하고 있는 죽염에 일대를 태우고도 남을 뜨거운 화기가 담겨져 있다는 걸 알아차렸다.

죽염은 자연의 신비로움이 만들어 낸 걸작이었다.

"하찮은 놈! 죽염창에 죽는 걸 영광으로 알아라."

소창일의 말과 동시에 그의 전신에서 일대를 짓누르는 묵직한 패도의 기운이 줄기줄기 뿜어졌다.

우우우웅! 우우우웅!

용음이 격하게 일어나는 가운데 소창일이 마치 거인처럼 기세를 불려 나갔다. 대기를 떨어 울리는 기세의 힘이 죽염창으로 흘러들어 가고 있을 때였다.

팟!

소창일이 팔을 비틀며 죽염창을 쭉 찔러 넣었다.

단지 인사치레였던 방금 전의 일격과는 차원이 달랐다.

파파팟! 파파팟!

부챗살처럼 활짝 펴진 죽염창이 이한열에게 살벌한 기운을 마구 뿜어냈다.

씨익!

이한열이 생글생글 웃으면 붙임성 있게 죽염창에게 접근했다. 잡아먹으려고 달려드는 죽염창의 싸늘하면서 패도적인 기운을 온몸으로 접했다.

그가 초롱초롱 빛나는 눈으로 지대한 관심을 기울이자 죽염창이 이런저런 무리와 사용법, 요령 등을 알려 줬다. 불손한 죽염창을 자신만의 방식으로 착하게 만들었다.

역설적으로 사납게 날뛰는 죽염창일수록 착한 셈이었다.

강호행을 하면서 이한열이 깨달은 건, 강호는 그에게 친절할 의무가 없다는 것이다. 먼저 다가서지 않으면 강호는 관심을 주지 않는다. 강호는 거울처럼 결코 먼저 웃지 않는다.

슥!

이한열이 빠르지도 그렇다고 느리지도 않은 시기적절한 순간 고개를 옆으로 꺾었다.

스팟!

길쭉한 죽염창 하나가 이한열의 귀를 스치듯이 지나갔다.

서걱!

빠른 몸놀림에 의한 속도로 늘어졌던 머리카락들이 죽염창에 의해 잘렸다. 아니, 직접 닿지 않았는데 예리한 풍압에 의해 발생한 절단이었다.

스르르! 스르르!

머리카락들이 허공에 흩날렸다.

파파팟! 파파팟!

또 다른 죽염창들이 이한열의 전신을 꿰뚫기 위해 마구 쏟아졌다. 죽염창의 움직임 속에 날카롭기 그지없는 풍압들이 마구 일어났다.

어디에도 피할 방위가 보이지 않았다.

위태롭게 보이는 이한열이었지만 여전히 여유로운 미소가 입가에 걸려 있었다.

스파팟! 스파팟!

날카로운 풍압을 동반한 죽염창들이 매섭게 이한열의 전신을 스치고 지나갔다.

"갈기갈기 찢겨져서 죽어라. 찢어진 육편들을 짐승의 먹이로 던져 주마."

소창일이 기세 좋게 외쳤다.

치이익! 치이익!

요란한 소리가 터져 나왔지만 옷자락들은 풍압과 죽염창에도 멀쩡했다. 천잠사로 만들어진 것이 아닌 시중에서 구입한 평범한 비단옷이었다. 그런데 바위를 두부처럼 꿰뚫는 죽염창의 공격에도 실오라기 하나 풀어지지 않았다.

"어떻게?"

"소맷자락을 이용하는 철포삼의 무리를 의복과 두건, 신발 등 신외지물 전체에 응용했지."

이한열이 대수롭지 않게 말했다.

옷에 인위적으로 진기를 흐르게 만들어서 단단하면서도 날카롭고 유연함을 뽐내는 철포삼은 번거로운 과정과 함께 많은 진기가 소모된다. 육체에서 뽑아낸 진기를 병기에 주입하여 강기를 만드는 것 보다 훨씬 비효율적이다. 그렇기에 점점 익히는 강호인들의 숫자가 줄어들고 있었다.

이한열에게는 철포삼의 진기 소모가 막대하지 않았고, 번

거로운 과정도 간단하게 느껴졌다. 그렇기에 철포삼을 몸 전체의 신외지물에 운용하는 데 있어 거리낌이 일체 없었다.

"머리카락은 왜 잘린 것이지?"

소창일은 도통 이해가 가지 않았다.

철포삼을 몸 전체의 신외지물에 이용할 정도면 머리카락 한 올도 다치지 않는 것이 가능했다. 신체에 진기를 운용하는 것이 훨씬 수월하기 때문이었다.

"사용할 데가 있어서."

이한열이 히죽 웃으면서 가볍게 손을 들어 올렸다.

그때였다.

바람을 타고 허공에 나풀나풀 흩날리고 있던 머리카락들이 빳빳하게 곤두섰다. 고슴도치가 위기를 느끼고 가시들을 모두 세울 때의 모습이랄까? 어느새 흩날리던 머리카락들이 이한열의 기와 모두 연결되어 있었다.

이한열이 죽염창의 효능을 지켜보면서 새로운 무공을 만들어 냈다.

그런데 새로운 무공의 위력과 독특한 능력이 예사롭지 않았다. 머리카락에 기를 담아 이기어검처럼 움직일 수 있다는 자체만으로도 높은 경지를 알려 준다.

강호인들은 초절한 무공을 만들어 내는 사람을 이른바 대종사라고 부르면서 존중한다. 이한열이 새롭게 창조한 무공은 초절한 위력을 뽐내고 있었다.

배교의 비전들이 바탕이 되어 있었는데, 머리카락 하나하나에는 미리 심어 뒀던 진기가 잠재되어 있었다. 그런 진기가 신호와 함께 격발되면 미세한 침이 된다. 대머리가 될 걸 각오하면 엄청난 숫자의 머리카락 장침을 만들 수 있었다.

"만침화우! 가라!"

즉석에서 무공의 이름을 만든 이한열이 부드럽게 손을 흔들었다.

파아앗! 파아앗!

휘이익! 휘이이이잇!

머리카락 침들이 일제히 소창일을 향해 질주를 시작했다. 직선을 그리고 있는 침이 있었고, 곡선을 우아하게 그리는 침이 있었고, 빠른 침이 있었고, 느릿느릿하게 움직이는 침들이 있었다.

사령관이 된 이한열이 하나하나의 머리카락 침들을 조율하고 있었다. 일사불란하게 움직이는 머리카락 침의 대군을 바라보면서 흡족해했다.

"죽염창막!"

눈에 보이지 않을 정도로 미세한 머리카락 침 대군의 공습에 놀란 소창일이 민첩하게 죽염창을 마구 찌르고 휘둘렀다.

파파팟! 파파팟!

죽염창이 허공을 메우는가 싶더니 이내 그의 전신을 엷은 막이 둘러쌌다. 눈에 보이지 않을 만큼 빠른 속도와 함께 죽염의 효능을 최대로 발휘한 결과였다.

호신기막이었다.

쏟아지는 폭우에도 빗방울 하나 새지 않는 호신기막은 호신강기보다는 약하지만 몸을 보호하는 데 있어 탁월한 위력을 보인다.

티티티팅! 티팅팅팅팅!

푸스스! 푸스스스스스!

팽팽한 거문고 줄 튕기는 소리와 김빠지는 기이한 소리가 동시에 울렸다. 전자가 일부 검은 머리카락들이 호신기막을 뚫지 못하고 튕겨질 때 발생한 소리였다. 그리고 후자가 나머지 검은 머리카락들이 호신기막을 뚫고 안으로 들어가면서 발생한 소리였다.

스으으!

호신기막이 사라지면서 소창일이 낭패한 모습을 드러냈다. 찢어진 옷자락 사이로 붉은 피가 흘러내렸고, 머리카락이 미친년처럼 산발해 있었다.

사실 이한열은 머리카락들에게 모두 똑같은 힘과 변화를 준 것이 아니었다. 일부의 머리카락들에게는 강한 힘을 실어줬고, 단단하게 막는 걸 뚫고 들어가기에 좋도록 빠르게 회전까지 시켰다.

"이른바 집중과 선택이지. 고수를 상대할 때는 무턱대고 펼치는 물량 공격보다 단 하나라고 해도 강한 집중된 공격이 필요한 법!"

고수를 쓰러뜨리기 위해서 어떻게 해야 하는지 이한열이 보여 주는 동시에 친절하게 알려 줬다.

하지만 당했다는 사실에 분노한 소창일에게는 그런 조언이 귀에 하나도 들어오지 않았다. 피해자가 되었기에 가해자가 될 수 있도록 발광하였다.

"벌레처럼 땅을 기게 만들어 주마."

당하고는 못 사는 소창일이 정신을 차렸다.

그는 지금까지 이한열을 데리고 놀 수 있는 하찮은 상대라고 여겨 왔다. 그렇기에 일신의 모든 능력을 운용하지 않고 적당히 즐기려고 하였다. 하지만 그것이 오산이라는 걸 당하고 난 뒤에 알게 됐다.

"일대도강!"

죽염창들이 분열하면서 이한열의 좌우앞뒤로 몰렸다.

쐐애액! 쐐애애액!

여러 죽염창들이 줄지어 앞으로 나아갔다.

파파팍! 파파팍!

중첩되어 질주하던 죽염창들이 충돌을 일으켰다.

부딪치면서 발생한 충격이 죽염창의 속도와 위력을 더욱 배가시켰다. 증폭된 기운을 담은 죽염창들이 어두운 밤하늘의 은하수처럼 밝았다.

휘이이이! 휘이이잉!

죽염창들이 쇄도하기 전에 예리하고 날카로운 풍압부터 이한열을 반겼다.

"시원하네."

이한열이 사나운 바람을 온몸으로 맞았다.

살아 있는 생명처럼 넘실거리며 다가오는 죽염창들의 움직임이 무척 환상적이었다. 마치 먹구름 사이로 날카롭고 밝은 햇살이 비친다고 할까? 살기를 듬뿍 담은 죽염창들이 삐죽삐죽 튀어나왔다. 죽염창들 가운데 유달리 강해 보이는 것들이 따로 있었다.

"알고 있었으면 진작 써먹었어야지. 아끼면 소용이 없어."

만침화우의 묘리를 담고 있는 공격을 바라보며 즐거워하는 이한열이었다.

신바람이 난 그가 죽염창의 변화와 일대도강을 둘러봤다.

허공에서 극심한 변화를 일으키고 있는 죽염창들이 서로 부딪치면서 수천 개로 찬란하게 부서졌다. 파괴는 창조로 연결됐다.

콰아아아아! 콰아아아!

파괴를 통해 새롭게 태어난 죽염창들이 거대한 소리를 내면서 파도처럼 밀려들었다. 힘이 얼마나 강렬한지 죽염창 앞에 공간이 일그러질 정도였다.

"좋구나."

이한열이 두 손을 활짝 펼치고 쇄도하는 기운을 온몸으로 받았다. 시시각각 다가오는 죽염창들이 점점 더 크게 보였다. 지근거리에서 격렬하게 때려 오는 풍압이 매우 신선했다. 바람을 타고 날아오를 것만 같았다.

그리고 마침내 죽염창들이 이한열의 코앞까지 들이닥쳤다.

슥!

이한열이 몸을 가볍게 만들며 바람의 결에 올라탔다.

사납게 날뛰는 야생마 위에 올라탔다고 할까?

이한열의 몸이 전후좌우로 요란하게 흔들렸다. 불안정한 자세였는데, 금방이라도 바람에서 떨어질 것처럼 보였다.

스르르! 스르르!

바람을 탄 이한열이 허공으로 둥실 떠오르면서 생경한 느낌에 푹 빠져들었다. 두 발이 땅과 작별한 상태에서 죽염창의 변화를 눈으로 쫓았다. 멋지고 웅장한 소리에 귀를 기울여서 감상했다.

이한열이 대응하는 동시에 혈마의 창술을 습득하고 있었다. 혈마의 무공을 오랜 세월 익혀 왔던 소창일의 모든 것이 빠른 속도로 이한열에게 빨려 들어갔다.

어떻게 이런 것이 가능할까?

사람이 빠르게 움직이면 시간이 느리게 가는 법이다.

만약 빛보다 빠르게 움직일 수 있다면 사람은 늙지 않는
다. 지속적으로 빛의 속도로 움직이는 사람에게 시간은 느려
진다.

이한열의 몸이 빛처럼 움직일 수 있는 건 아니다.

하지만…….

그의 사고는 빛과 같은 속도의 연산과 연구, 사색을 쉬지
않고 계속하고 있었다. 특히 혈마의 무공을 접한 순간 미친
듯이 번뜩거렸다.

혈마의 무공과 싸우고 있는 지금 이한열의 시간은 제대로
된 속도가 아니었다. 느리고 또 느리게 흘러갔다. 하지만 그
안에 있는 이한열은 그 시간의 느림을 인지하지 못하고 있었
다. 그저 시간의 흐름 속에서 편안하게 혈마의 무공에 대한
공부를 꾸역꾸역 해 나갈 뿐이었다.

바람결을 타고 이한열이 날아오르는 순간 무수히 많은 사
색을 했음에도 불구하고 죽염창은 이제 막 당도하여 꿰뚫으
려고 하였다. 거리상으로 고작 한 뼘 앞으로 닥쳐든 것이 전
부였다.

찰나를 살며 영원의 순간을 보내고 있는 이한열은 시간이

넘쳤다. 그 시간 속에서 치열하게 공부하며 세밀하게 자신을 가다듬었다.

휘청! 휘청!

난폭한 바람에 올라탄 이한열의 자세가 흐트러졌다. 땅 위에 두 발을 디디고 있었을 때 자연체였기에 언제 어느 때라도 반응이 가능했다. 하지만 지금은 그런 반응이 어려웠다.

이한열이 흐트러진 몸의 균형을 바로잡으려 노력했다.

휘이잉! 휘이이잉!

맹렬한 파공음을 내면서 죽염창들이 닥쳐들었다.

바람을 타고 허공으로 올라선 것이 이한열에게 좋지 않게 작용하고 있었다. 모든 방위가 뻥 뚫렸기에 발밑에서도 죽염창들이 쇄도했다. 천지사방에서 죽염창들이 마구 몰려들었다.

콰자작! 콰자작!

발밑에서 매섭게 솟구치던 죽염창들이 이한열의 발길질에 그대로 부서져 나갔다. 허공에 있다고 딱히 불리함을 느끼지 않는 이한열이었다.

콰자작! 콰자작!

천지사방에서 쏟아지는 죽염창들이 모조리 박살 났다.

휘이이잉! 휘이이잉!

다른 죽염창들이 속절없이 부서지고 있을 때, 강력한 힘을 담고 무리에 숨어 있던 특별한 세 개의 죽염창이 있었다. 이 죽염창들은 회전을 일으키면서 이한열의 미간, 단전, 사타구니를 번개처럼 노리며 삼재진을 펼치고 있었다.

피하기에 늦었을까?

이한열이 삼재진을 이루고 달려드는 세 개의 죽염창을 그냥 무방비 상태로 맞았다.

콰아앙! 콰앙!

콰아아아앙!

세 번의 폭음이 터졌다.

휘이잉!

충격을 받아 고개가 뒤로 젖혀진 이한열이 허공에서 훌훌 날아갔다.

"으하하하! 드디어 해치웠다."

일대도강에 섞은 또 다른 초식인 삼재창진으로 기습을 한 소창일이 득의의 웃음을 마구 터트렸다. 손에 가득 전해져 오는 짜릿한 감촉에 무척이나 통쾌해했다.

"짜릿한데……."

이한열이 땅에 내려앉으면서 삼재창진의 충격을 즐겼다.

"허억! 맨몸으로 어떻게 삼재창진을 막았지? 있을 수 없는 일이다."

소창일의 상식에서는 이해할 수 없는 일이 벌어졌다.

"배움이 부족하군. 세상에서 가장 뛰어난 병기는 바로 인체이지. 인체는 사람에 따라 최강의 창이나 방패가 될 수 있어. 철두공으로 미간을 막았고, 연금종주의 단전보강으로 단전을 막았고, 사타구니는 음란색종으로 막아 냈지."

이한열이 외문무공 가운데 유명한 철두공을 어느새 익혀 뒀다. 연금종주의 단전보강은 무인에게 있어 중요한 단전을 보호하는 체술이었고, 음란색종은 방중술의 일종으로 사타구니를 강화하는 비기였다.

만년한철보다 강해진 철두공의 머리를 죽염창이 뚫지 못했고, 단전보강의 체술에 죽염창이 빛을 잃었으며, 코끼리도 울고 갈 음란색종 앞에서 죽염창이 무릎을 꿇었다.

"어설픈 공격 따위는 통하지 않아."

단단한 육체를 자랑하고 있는 이한열은 막거나 튕겨낼 필요를 느끼지 못했다. 손가락을 좌우로 까딱거리면서 말하는 자세가 무척이나 오만불손했다. 그러나 강함을 바탕으로 하고 있었기에 그 태도는 오만불손이 아닌 오연함이었다.

이한열이 너무 신바람을 냈을까?

연달아서 터진 상황을 직접 목격한 소창일이 이한열의 감춰진 힘을 어렴풋이 느꼈다. 사뿐하게 이기고 도망을 치려고 했는데, 살아남기도 쉽지 않았다. 거미줄에 걸린 나방처럼 허우적거렸다.

그는 평생 강호에서 살아왔지만 이한열처럼 강한 자와 대결한 적이 없었다. 애당초 강자와는 시비가 붙지 않았고, 시비가 생기더라도 양보해 왔다. 약한 자들만을 상대하며 명성을 쌓아 왔다. 그랬던 그는, 지금 패배감과 절망감, 지독한 상실감에 치 떨었다.

지금까지는 약자들의 도금으로 그 명성이 자자했지만 진정한 강자 앞에서 알몸으로 벗겨졌다.

퍼억!

이한열이 넋이라도 나간 듯 멍하니 있는 소창일의 머리통을 묵직하게 후려쳤다.

"크윽!"

화끈한 아픔에 소창일이 비명을 내질렀다.

주르륵! 주르륵!

찢어진 상처에서 붉은 피가 줄줄 흘러내렸다.

"정신 차려! 멍하니 있다가 쥐도 새도 모르게 죽는다."

"항복하겠소."

소창일이 통증을 느낄 새도 없이 곧바로 입을 열었다.

고혼이 되는 것보다는 노역형을 기꺼이 받아들이기로 했다. 최악이 아닌 차악을 선택한 것이다. 그 대가로 이승에서 살아갈 수 있었다.

"항복 따위는 개에게나 줘 버려. 고위 관리를 살해하려고 하다가 뜬금없이 무슨 항복이야? 덤빈 순간부터 즉결 처형이 확정됐어."

코웃음을 친 이한열이 소창일에게 달려들었다.

처음 제의를 거절하고 살의를 드러낸 소창일의 반응으로 인해 이한열의 마음에서도 살의가 일어났다. 농염한 살기가 점점 구름처럼 커져 나갔다.

"살려……."

흉신나찰처럼 흉악하게 달려드는 이한열 때문에 소창일이 말을 채 끝맺지 못했다. 살기를 줄줄 뿌리는 시퍼런 두 눈에 겁을 잔뜩 집어먹었다.

부르르! 부르르

비 맞은 병아리처럼 벌벌 떨었다.

움츠러들기만 하던 그의 몸이 어느 순간 확 커졌다.

스팟!

죽음을 각오한 소인배 소창일이 원독에 찬 기운을 마구 내뿜었다. 홀로 죽기에는 너무나도 억울했기에 물귀신 작전을 펼치기로 마음먹었다.

"동귀어진이다."

소창일이 생명의 원천인 몸 안 선천진기를 격발시켰다.

퍼퍼퍽! 퍼퍼퍽!

기묘한 소리와 함께 전신에 신선하면서 청량한 기운이 마구 샘솟았다. 선천진기가 마지막 종착지인 죽음을 향해 내달리면서 발생하는 증상이었다.

콰아아아! 콰아아아아아!

노도처럼 일어난 선천진기가 단전의 후천진기와 함께 섞였다. 뒤를 돌아보지 않는 두 기운이 앞서거니 뒤서거니 하면서 서로를 밀어 줬다.

선천진기 격발로 인해 소창일의 무력이 졸지에 세 배 이상 상승했다.

파앗!

죽염창이 분열을 일으키지 않고 순수하게 본래 모습으로 이한열을 향해 날아들었다.

쐐애액!

단 하나로 집중된 죽염창의 위력은 가공할 만했다.

방금 전까지의 위력이 코흘리개 어린아이였다면, 지금은 바위라도 씹어 먹을 수 있는 건장하고 팔팔한 성인 남자였다.

"그렇지."

환하게 웃는 이한열이 고개를 끄덕였다.

죽염창의 분열 효능이 기이하고 독특한 것은 틀림없지만 이한열에게는 통하지 않았다. 그렇지 않아도 소창일이 이한열에 비해 하수인데 능력을 나눠 버리니 더욱 하찮게 바뀌어 버렸다. 하수들을 상대로 한 난전이나 학생들을 일렬로 세워 놓고 동시에 회초리로 사용하면 적격이었다.

콰아아아아! 콰아아아아!

이한열의 몸에서 구름과도 같은 묵직한 기세가 마구 피어 났다. 찰나의 순간 튀어나왔는데 그 위력이 쇄도하는 죽염창 을 능가했다.

동귀어진을 감행하고 있는 소창일의 기세를 이한열이 가볍 게 뛰어넘었다.

쐐애액!

검은 주먹이 허공을 갈랐다.

콰아앙!

시커먼 궤적이 쭉 허공에 그어지면서 죽염창이 그대로 꿰 뚫려 버렸다. 철사장을 운용한 상태에서 뻗어 낸 단순한 정 권 찌르기였다. 무지막지할 정도로 단순함을 선보인 검은 주 먹이 죽염창을 묵사발 냈다.

"크아아아! 이럴 수는 없어."

선천진기를 격발하여 최고의 힘을 내고 있는 소창일이 발 광했다. 비록 힘을 얻었지만 시시각각 죽어 가고 있었다. 함 께 죽으려고 날뛰었는데 정작 생채기 하나 내지 못하는 현실 에 절망하였다.

휘익!

소창일이 생각하지 않고 다짜고짜 이한열을 향해 몸을 던졌다. 좋지 않은 상황에서 무슨 수라도 내려고 최선을 쥐어짜 냈다.

발등에 불이 떨어져야 움직이는 자들이 있었다. 절망에 처한 상태에서 최고의 힘을 발휘하는 자들도 적지 않았다. 소창일이 바로 그런 부류였다.

그렇기에 이한열이 소창일을 절망의 구렁텅이로 몰아넣었다. 철저하게 당하는 입장에서는 참으로 끔찍하고 야만적인 일을 서슴없이 행했다.

공포와 강한 절망으로 뒤섞인 소창일은 정신을 잃을 지경이었다. 자신이 무슨 짓을 하는지도 모르고 본능에 몸을 내맡겼는데 정작 무턱대고 돌진해서 부딪치는 행위가 매우 자연스러웠다.

소심하고 심약한 마음이 장애가 되어 무위를 낮춰 왔다. 장애가 사라지고 나면서 비로소 온전한 무위를 펼쳐 낼 수 있었다.

죽어가면서 소창일이 최고의 힘을 영롱하게 뿜어냈다.

콰콰콰! 콰콰콰콰콰콰콰!

죽염창이 매섭게 쏟아졌다. 무수히 많은 궤적을 그리는 죽염창에는 혈해마창과 혈해세심의 정수가 녹아들어 있었다. 혈해세심 심법 위에서 피어나고 있는 혈해마창의 위력은 놀

라울 정도였다.

퍼퍼퍽! 퍼퍼퍽!

이한열이 우수를 주로 활용하면서 온몸으로 혈해마창을 받아 냈다. 동시에 혈해마창과 혈해세심을 먹이로 삼아 꼭꼭 씹으면서 맛을 음미했다. 몸으로 체험하면서 마음으로 받아 들이기에 더욱 빨리 배울 수 있었다.

"크아아아!"

소창일이 울부짖었다.

처음의 단정하던 모습은 눈을 씻고 찾아봐도 보이지 않았다. 걸레처럼 변해 버린 옷이 간신히 몸에 걸쳐져 있었고, 머리카락도 마구 산발하다 못해 쥐가 파먹은 것처럼 뜯겨져 나간 상황이었다.

휘청!

소창일의 몸이 쓰러질 것처럼 흔들렸다.

정점에 달하던 기운들이 빠르게 소진되면서 발생한 현상이었다. 반짝반짝 빛나던 눈동자가 점점 퇴색되어 갔다. 이제 잠시 후면 모든 기운이 사라지게 될 것이었다.

주르륵! 주르륵!

정신을 차린 소창일이 애처롭게 울었다.

"이렇게 비참하게 끝나기 위해서 악착같이 살아온 것이 아니었는데……."

그는 단지 부귀영화를 누리면서 편안하게 살고 싶었을 뿐
이었다. 슬픔에 잠겨 외로워했고, 평생 씻을 수 없는 잘못에
안타까워했다.

"일장춘몽이라! 모든 것이 부질없구나."

슬픈 목소리로 오열하는 그의 어깨가 심하게 퍼덕거렸다.

점점 쇠락해 가던 소창일의 기운이 더욱 밝게 빛나 갔다.

희광반조였다.

꺼지기 직전의 촛불이 반짝하고 빛나는 희광반조의 순간
소창일이 각성하고 있었다. 이한열을 만나기 전에 각성하였
다면 지금의 절망스러운 상황까지 몰리지 않았을 수도 있었
다.

'흥미롭군. 이건 예상하지 못했네.'

각성의 순간 이한열이 소창일에게 시간을 주기로 결심하고
가만히 기다려 줬다.

주르륵! 주르륵!

대오각성한 소창일의 두 눈에서 흘러내리는 눈물이 더욱
많아졌다. 국가와 백성, 가족들에게 커다란 잘못을 저질렀다
는 걸 뼈저리게 반성했다. 백 번 죽어도 용서받지 못할 과오
였기에 죽어서 조상을 뵐 면목이 없었다. 자신의 잘못으로 인
해 창문소씨세가가 송두리째 풍비박산 나게 될 일을 조금이
나마 막아 보고 싶었다.

휘이익!

품속에 손을 넣었다가 뺀 그가 이한열을 향해 길쭉한 걸 던졌다. 길쭉한 물체 위에는 천하전장 창문지점이라는 글자와 함께 소창일의 수결이 반쪽 찍혀 있었다.

탁!

백장 밖에서 개미가 기어가는 것도 뚜렷하게 볼 수 있는 이한열이 길쭉한 물체를 박살 내지 않고 잡았다. 행여나 다치지 않도록 아름다운 여인 나체 만지듯 손놀림을 부드럽게 하였다.

"천하전장 창문지점의 신표입니다. 세가를 향한 대인의 자비를 간절히 구할 뿐입니다."

소창일이 애처로운 시선을 던지면서 부탁했다.

스륵!

그가 죽염창을 부드럽게 쓰다듬었다.

어렵게 구하고 난 뒤 단 한 번도 몸에서 떼어놓지 않았던 죽염창이었다. 하지만 이제는 보내 줘야만 하는 순간이라는 걸 알았다.

"못난 주인 만나서 그동안 고생했다. 더 좋은 주인을 만나기를 기원하마."

휘익!

애정 어린 눈빛으로 내려다보던 소창일이 죽염창을 떠나보

냈다.

탁!

부드럽게 날아온 죽염창을 이한열이 한 손으로 가볍게 잡아챘다. 청량하면서도 따뜻한 기운을 느끼면서 신기해하고 있을 때였다.

퍼퍼퍽! 퍼퍼퍽!

전신에서 미묘한 소리가 울리는 순간 소창일의 두 눈에 서려 있던 생기가 모두 사라졌다. 죄를 깊이 뉘우친 순간 스스로 자결을 선택한 것이었다.

툭!

소창일의 몸이 앞으로 고꾸라졌다.

"최후의 한 수를 펼칠 줄 알았는데 예상외네."

이한열이 죽은 시체를 바라보며 안타까워했다.

솔직히 그는 각성을 한 소창일의 한 수를 잔뜩 기대하고 있었다. 기대만 하게 만들어 놓고 훌쩍 떠나 버린 소창일을 살짝 원망하기도 했다.

그러나 이제 모두 지난 일일뿐이었다.

"마음 약해지게시리 이런 걸 왜 주는 거야?"

말과는 달리 이한열이 품에 신표를 소중하게 챙겼다.

그가 엄정하게 처리하려고 한 창문소씨세가의 처벌에 일말의 자비를 두기로 했다.

오고가는 뇌물 속에 싹트는 자비심이었다.

소창일은 은닉하고 있던 재산을 국고로 환수할 수 있게 조치하려 한 것이나 정작 음흉한 이한열이 그걸 곡해했다. 아니, 알면서도 자신이 유리한 쪽으로 받아들이고 있는 건지도 모르겠다.

어찌 됐건 소창일의 바람은 이루어질 공산이 컸다.

"전장에 있는 걸 보고 결정해야겠어."

휘익!

전장에 있는 물건들이 무엇인지 궁금한 그가 한 마리 새처럼 허공으로 솟구쳐 올랐다. 땅을 한 번 박찰 때 마다 빠른 속도로 창문을 향해 날아갔다.

*　　　*　　　*

사실 이한열의 소설들에는 몇 가지 단점들이 있었다. 그 가운데 가장 큰 단점은 바로 이한열이 강호인의 삶과는 거리가 먼 존재라는 것에서 비롯됐다. 그의 삶에 피를 동반하는 투쟁은 거의 없었다.

그런 이한열이 강호에 나와서 피 보는 걸 주저하지 않고 직접 살수를 휘둘렀다. 거칠게 싸우면서 힘을 증명했고, 강자 지존의 아름다움에 눈을 떴다.

그는 싸움의 과정 하나하나를 꼼꼼하고 치밀하게 기록했다. 직접 경험을 한 기록물들이 자연스럽게 집필하는 소설에 녹아들었다.

파천마제 후속 작품인 무정마제가 세상에 모습을 드러냈다.

이한열이 강호행을 하면서 느꼈던 모든 걸 집대성한 무정마제에는 그간 써 왔던 소설의 단점들은 눈을 씻고 찾아봐도 찾을 수가 없었다.

집필했던 소설들 가운데 최고의 작품이 나왔다.

책을 쓰면서 이한열은 최고의 만족감을 느꼈고, 독자들은 읽으면서 감동을 넘어 전율했다.

"헉! 대단하다."

"정말로 생생한 전투 장면이다."

"전투 묘사에 대한 부분이 한 단계 진화했어."

"웃기는 소리! 한 단계가 아닌 격 자체가 바뀌었다. 전의 소설이 추녀였다면 이번 소설은 미녀인 셈이야."

"맞아."

무림인들이 새롭게 출간된 소설 무정마제에 열광했다.

무림맹을 상대로 고독하게 홀로 싸우는 무정마제의 주인공 조운의 전투 장면은 한 마디로 예술 그 자체였다. 처절하게 피 튀기면서 싸우는 조운은 한 마리의 고독한 늑대였다.

"헐!'내가 너무 편안함에 길들여져 있었구나."

"패배자처럼 처박혀 있지 말고 부당하면 싸워야 해."

"계란으로 바위치기라고 해도 신념을 위해서는 피 흘릴 수 있지."

무정마제는 사마외도와 일부 정파인들의 가슴에 불을 지폈다.

정총이 지배하고 있는 무림은 고여 있는 물과도 같았다.

고인 물은 썩는 법!

지독한 악취를 풍긴다.

정의라는 대의명분을 내세우고 있는 정총은 여러 가지 구설수에 올라 있었다. 사마외도 진영의 사람이라는 이유만으로 잡아 와서 고문하고 재산을 빼앗는 일이 부지기수였다. 이유 같지 않은 이유를 내세워 사마외도의 문파를 멸문시키기도 하였다.

사마외도의 불만이 하늘을 찌를 듯 높아져 갔지만 그걸 표출해 내지는 못했다. 그저 뒤에서 불평불만을 내뱉을 뿐이었다. 무림을 지배하고 있는 정총에게 대항하는 건 계란으로 바위치기라는 걸 알기 때문이었다.

그러나…….

죽으면 죽었지 억울한 일을 당했으면 싸워야 했다.

그것이 강호인의 숙명이었다.

약하고 부족하다고 해도 원한을 해결하기 위해서는 칼을 뽑아야만 했다.

"무정마제가 시사하는 바가 크다."

"일어나라! 사마외도의 무인들이여!"

"싸우자. 피가 터지고 뼈가 부러져 죽는 한이 있더라도 붙어 보자."

무정마제 책을 읽은 사마외도들이 강호무림에 변화를 일으키기 시작했다. 처음에는 소수에 불과했지만 점점 그 숫자가 늘어났다.

소설 속 무정마제의 움직임이 현실에 생생하게 되살아났다.

사마외도의 삶을 보여 주고 있는 주인공을 통해 이한열이 원하는 바를 끄집어냈다. 책은 단순히 책으로만 남지 않는다. 현실을 풍자하고 있는 소설은 읽히는 것 이상의 중요한 의미를 담고 있다.

책에서 등장하는 조운은 수많은 현실의 사마외도 마웅과 간웅들이 해내지 못한 걸 해냈다. 단단하게 굳어져 있는 정총의 지배 체계에 균열을 만들었다.

이한열은 단순히 책을 잘 쓰는 작가가 아니었다.

재미있게 쓰면서 자신이 원하는 방향으로 독자들을 몰고 갔다. 대다수 독자들인 사마외도 강호인들이 이한열의 의도에 빠져 놀아나는 셈이었다.

물론 그렇다고 해서 사마외도 강호인들에게 손해만은 아니었다. 기연과 가르침, 인생에 대한 교훈들로 가득 차 있는 책은 읽는 것만으로도 삶에 도움이 됐다. 유려한 문체는 책을 읽기 편하게 해 줬고, 각종 무공과 무리들은 재미를 더해 줬다.

아름다운 문장들을 제대로 이해하기 위해서 문맹인 사마외도들이 서당에 다니기까지 했다. 이한열의 소설을 직접 읽으면서 기쁨과 감동을 느꼈고, 기연을 접하기를 간절히 원했다.

〈다음 권에 계속〉